Der Autor lebte sieben Jahre in Neapel und arbeitete dort als Lektor an der Universität „Federico II" sowie als Lehrer am Goethe-Institut. Später war er weitere sieben Jahre in Rom Korrespondent einer Nachrichtenagentur.

Bisherige Veröffentlichungen: „Tango Tenebrista. Ein Schmöker zum dramatischen Helldunkel von Tango Argentino, Sex & Crime", „Tango up & down" und „Tödliches Tangotreiben. Die wahre Geschichte der Freiburger Vampirmorde'".

Timm Maximilian Hirscher

Neapel leben und sterben

Prosa und Posse

© 2015 Timm Maximilian Hirscher

Titelbild, Illustration und Grafik:
Simone Rosenow · art & grafikdesign

Herstellung & Verlag:
BoDTM — Books on Demand, Norderstedt
Print in Germany
ISBN: 9783739212630

Inhalt

Neapel leben und sterben

1.

„Si è sciolto, si è sciolto!" - Es hat sich verflüssigt, es hat sich verflüssigt, rief die Portiersfrau dem Professor zu, als dieser am 19. September jenes Jahres aus dem Haus trat. Hans Herrmann nickte ihr zu und machte sich auf seinen Gang zum Frisör. Verflüssigt hatte sich an Neapels Patronatsfest das Blut von San Gennaro, dem heiligen Januarius. Das Jahr stand also unter einem guten Zeichen.

Der Deutsche überquerte den Largo Ecce Homo im Quartier S. Giuseppe in Neapels historischer Innenstadt, schaute dann in seine Stammbar hinein, wo er zwei Kaffee bestellte, und ging die wenigen Schritte weiter zu Ò Saracin, dem Sarazenen. Diesen neapolitanischen Spitznamen hatte Giuseppe Fresco erhalten, weil er angeblich in langer Vorzeit, vermutlich noch unter Kaiser Friedrich II., einen Araber in der Familie hatte. So wurde zumindest erzählt, wobei sich der Frisör nie zu diesen Gerüchten äußerte, ihnen allerdings durch immer wieder erzählte Geschichten aus dem Orient neue Nahrung gab. Man munkelte sogar, dass er Muslim sei. In seinem kleinen Frisörgeschäft hingen zwar Bilder der Madonna und San Gennaros, aber was besagte das schon. Daneben prangten Fotos des neapolitanischen Fußballgottes Maradona.
„Buon giorno, Professore."
„Buon giorno, Maestro."

Ò Saracin, als Meister der Schere und des Rasiermessers tituliert, hatte auf einem der zwei Frisörstühle gesessen und in der auf rosa Papier gedruckten Sportzeitung gelesen. Er erhob sich, und die beiden Männer tauschten einen Händedruck aus. Der Frisör brachte ihn auf den neuesten Stand, was Diego Armando Maradona und den SSC Neapel betraf. In diesem gelobten Jahr war der Fußballverein mit Hilfe Maradonas zum ersten Mal italienischer Meister geworden.

Herrmann setzte sich auf den anderen Stuhl, damit ihn Ò Saracin rasiere, wie er das nun seit Jahr und Tag jeden Morgen tat. Es war ein Ritual geworden für den Deutschen, eigentlich der einzige Luxus, den er sich seit vielen Jahren leistete. Früher hatte er immer gesagt, den Rest seines Geldes würden seine zwei Frauen ausgeben, seine Frau und seine Tochter nämlich. Aber das war früher.

Der Frisör hatte neben der Sportzeitung noch ein Pornoheft zur Seite gelegt und auf den fragenden Blick des Deutschen ein neapolitanisches Sprichwort zitiert:

„La mugliera sia come lo presutto: né magro affatto né sia grasso tutto." - Die Frau sei wie der Schinken: nicht ganz mager und nicht völlig fett.

Ò Saracin zeigte auf das Titelbild des Heftes.

„Professore, so eine. Ab und zu muss doch etwas Leben in meinen alten Schwanz fahren."

Während er seinem Kunden das Gesicht einseifte, kam der Junge von der benachbarten Bar und brachte die zwei Espressotassen und zwei Gläser mit Wasser. Herrmann zog den vorbereiteten Betrag nebst Trinkgeld aus der Tasche, und der Junge zog mit einem lauten „Grazie, Professore" ab.

Ò Saracin unterbrach kurz seine Arbeit, und sie tranken Kaffee und Wasser. Dann machte er sich wieder ans Geschäft. Er zog das Rasiermesser ein paarmal über einen Lederriemen und begann, die Bartstoppeln von den Wangen seines Kunden zu schaben.

„Es hat sich also verflüssigt", sagte der Frisör mit einem ironischen Unterton. Er wusste, dass zwei Skeptiker unter sich waren. Keiner der beiden glaubte an ein Wunder bei der Verflüssigung des Märtyrerblutes, doch begrüßten beide den Vorgang, den keiner von ihnen erklären konnte. Einen billigen Trick hielten sie für ausgeschlossen; dafür waren die Neapolitaner seit Jahrhunderten zu gewitzt.

„Vor zwei Jahren hatte es sich nicht verflüssigt – und das Unglück brach herein", murmelte Herrmann. Beim ersten Wort hatte der Frisör sein Rasiermesser abgesetzt.

„Professore, so war es im Buch Allahs geschrieben."

Wobei der Hinweis auf Allah wohl den gleichen Stellenwert hatte wie das Blutwunder.

„Wenn man nur glauben könnte", seufzte der Professor. Er lehrte Philosophiegeschichte der deutschen Aufklärung und des deutschen Idealismus an der nicht weit entfernt liegenden Orientale-Universität. Wenn er sein Arbeitsgebiet vorstellte, fügte er gewöhnlich hinzu, er sei der einzige in Neapel, der Kant verstehe, und das auch nur halbwegs. Ausnahme sei natürlich der Heidelberger Philosoph Gadamer, der immer wieder zu Gastvorträgen nach Neapel kam. Als der Frisör sein Geschäft beendet hatte und die Wangen Herrmanns nach Rasierwasser dufteten, setzte er sich auf den anderen Stuhl, da kein neuer Kunde wartete. Die zwei Männer schauten sich im Spiegel an, lächelten, schwiegen eine Weile, bis der Deutsche leise sagte:

„Man rief mich an und sagte, dass demnächst die Gebeine ausgegraben und gesäubert würden. Ob ich dabei sein wolle. Den Termin würden sie aus Sicherheitsgründen kurz vorher mitteilen. Aber ich will nicht. Es ist eine barbarische

Sitte. Warum lassen sie in Neapel nicht die Toten ruhen? Aber nein, jetzt wird einenhalb Jahre nach der Beerdigung die Tote ausgegraben, die Knochen von gegebenenfalls noch vorhandenen Hautresten gesäubert, in einen Sack gesteckt und in einer Grabwand beigesetzt. Aber wem erzähle ich das."

„Eine barbarische Sitte", bestätigte der Frisör. „Aber eine barbarische Sitte ist immer die der andern. Doch, bei Allah", fuhr er fort, „die Toten sollte man besser ruhen lassen."

Die zwei Männer schwiegen. Ein Kunde trat ein, der sich die Haare schneiden lassen wollte. Der Frisör stand auf und machte Platz. Herrmann blieb sitzen, hörte die zwei über Maradona diskutieren, schaute geistesabwesend in den Spiegel, sah sich, sah sich in die Augen, hörte nichts mehr von dem Gespräch und erinnerte sich. Eigentlich hatte die Katastrophe zwei Jahre zuvor ihren Anfang genommen.

2.

Damals schreckte Immacolata Herrmann mitten in einem Alptraum aus dem Schlaf. Es war am frühen Morgen des 21. Dezember 1985: Ein dumpfes Geräusch, die Fensterscheiben klirrten. Imma, wie sie gerufen wurde, lag zitternd und Schweiß gebadet da, hielt es aber nicht länger im Bett aus, knipste das Licht an, sah auf dem Wecker, dass es kurz nach fünf Uhr war, schlüpfte in ihre Pantoffeln, streifte einen Morgenmantel über und trat auf die Terrasse. Entsetzt starrte sie in Richtung des Stadtviertels San Giovanni a Teduccio, wo haushohe Flammen lohten und die Nacht dort zum Tag machten. Eine Hand legte sich auf die Schulter des Mädchens. Es fuhr herum und warf sich an die Brust ihres Vaters, bebend vor Angst, Tränen in den Augen.

„Aber, aber, Imma", sagte er, „hat dich der Schlag so erschreckt? Himmel, was für ein infernalisches Feuer! Es muss eine Explosion in den Raffinerien dort gewesen sein. Und jetzt brennt alles. Deine Mutter und ich wurden durch den ungewohnten Schlag wach. Aber nein, wie das brennt! Aber Imma, nun beruhige dich doch! Du lieber Gott, Mädchen!", sagte er und drückte die Tochter an seine Brust, strich ihr über das rote Haar, das wie ein Widerschein des Flammenmeers erschien. Doch Imma war nicht zu beruhigen, ihr fror und zugleich trat ihr Schweiß auf die Stirn. Sie stammelte Worte, halb Italienisch, halb Deutsch, ohne Zusammenhang. Erst Tage später erzählte ihm die Tochter von dem Alptraum.

Inzwischen war auch Herrmanns Frau Concetta auf die Terrasse getreten, hatte angesichts des Riesenfeuers in der Ferne ein „mamma mia" ausgestoßen, dann aber diagnostiziert, dass die Tochter Fieber habe und sofort ins Bett müsse. Bevor sie Imma unter der Bettdecke begrub, steckte sie ihr noch ein Fieberthermometer unter die Achsel. Imma ließ alles widerstandslos über sich ergehen, lag mit geschlossenen Augen schwer atmend in den Kissen.

Während Herrmann besorgt neben dem Bett saß und nicht verstand, warum seine Tochter so durch die Explosion und das Feuer geschockt war, telefonierte seine Frau mit ihrer Tante in S. Giovanni, hörte, dass die Explosion dort die Fensterscheiben habe zerspringen lassen, aber bei ihnen selbst sonst alles in Ordnung sei. Im Hintergrund hörte Concetta das Heulen von Polizei- und Feuerwehrsirenen.

Nachdem sie den Hörer aufgelegt hatte, kehrte sie ans Bett

ihrer Tochter zurück. Das Thermometer zeigte nur einen geringen Anstieg der Temperatur an. Da Imma in den Schlaf gefallen schien, löschte die Mutter das Licht und schloss die Tür hinter sich. Das Ehepaar zog sich etwas über und trat erneut auf die Terrasse. Schon dämmerte der Morgen herauf, der Himmel über ihnen klarte auf, doch drüben über S. Giovanni dräute über den Flammen eine ungeheure pechschwarze Wolke, die sich Richtung Capri wälzte.

„'ans", sagte Concetta zu ihrem Mann, wobei ihr das „H" auch nach 18-jähriger Ehezeit nicht gelingen wollte. Aber sie strengte sich auch nicht wirklich an, hatte es nie richtig probiert. Warum auch, meinte sie, da man ja in Italien wohne.

„'ans", sagte sie, „ist Neapel nicht wirklich eine verdammte Stadt? Der Vesuv bricht aus, die Erde bebt, in Pozzuoli hebt sie sich. Letzte Weihnachten legten sie eine Bombe in den Zug, und jetzt, vier Tage vor Weihnachten explodiert eine Ölraffinerie. Womit haben wir Neapolitaner das verdient? Wofür haben wir eigentlich San Gennaro? Und Imma? Was ist denn mit ihr passiert?"

Ohne auf eine Antwort ihres Mannes zu warten, murmelte sie ein Ave Maria und bekreuzigte sich ein halbes Dutzend Mal.

Die Rauchwolke stand noch Tage über dem Unfallort, verdunkelte das Weihnachtsfest, schien der Stadt zu drohen. Fünf Tage dauerten die Löscharbeiten. Es gab sechs Tote, über hundert Verletzte und mehr als zweitausend Obdachlose. Straßen und Eisenbahnlinien waren im Umkreis der brennenden Raffinerie gesperrt, der Verkehr ein Chaos. Das Hupen der in der Schlange stehenden Autos wollte nicht abschwellen.

3.

„Wie kann einer so intelligent sein – und zugleich so dumm?" Es gab gewöhnlich keinen triftigen Anlass für diese Bemerkung. Sie war bei Concetta in den vergangenen Ehejahren zu einer Litanei geworden. Es handelte sich um keine Frage, sondern um eine Feststellung. Als Herrmann sich auf die Terrassenbrüstung lehnte, hatte er die Worte seiner Frau schon vergessen. Er schaute auf die Treppen des Pendino S. Barbara hinunter, fünf Stockwerke unter ihm, wo gerade das Huhn der Bewohnerin des ebenerdigen Wohn- und Schlafzimmers heraus spazierte und nach Krümeln auf den Stufen pickte. Dann blickte er nach rechts auf den Golf von Neapel mit Capri im dunstigen Hintergrund. Die Aussicht war durch die schwarze Wolke getrübt, die auch am Tag nach der Explosion und bis Heiligabend noch über San Giovanni de Teduccio weilte und sich träge Richtung der Insel bewegte.

Als „Herr Mann" stellte sich der Deutsche gerne selbstironisch vor, manchmal mit einer Entschuldigung für seine Initialen HH. Er sei 1935 zur Welt gekommen und sein Vater ein überzeugter Nazi gewesen. Was in Italien meist mit einem verständnisvollen Nicken beantwortet wurde, denn wer hatte nicht einen Faschisten in der Familie gehabt oder hatte gar wieder einen. Concetta, damals seine Verlobte, hatte ihn verständnislos auf diese Bemerkung hin angesehen. Was interessierte sie die Politik, wenn es ums Heiraten ging.
Als Herrmann dann überraschend schnell als junger Vater zum Universitätsprofessor für Philosophiegeschichte ernannt worden war, wurde Concettas rhetorische Frage zur

stehenden Wendung. Intelligent musste er ja als Philosophieprofessor sein. Auch spielte er Schach und sprach sogar Deutsch neben seinem anfangs holprigen Italienisch.
Aber dass einer so intelligent und zugleich so „fesso" sein
konnte, so naiv, beschränkt, begriffsstutzig, auf den Kopf
gefallen, dumm...! Jeder neapolitanische Straßenjunge war
da mit fünf Jahren gescheiter, gewitzter, schlagfertiger, le-
bensgewandter... – eben „furbo". Hermann war rasch klar
geworden, dass er in den Augen seiner lieben Neapolitaner
und Neapolitanerinnen der sympathische Deutsche war
und zugleich „il fesso" blieb. Ja, der Philosophieprofessor
war eben der tumbe Deutsche. Natürlich sagten die Einheimischen es dem freundlichen Nachbarn, dem Verwandten, dem hilfsbereiten Hochschullehrer und Kollegen nicht
ins Gesicht wie Concetta. Seine Frau meinte es ja auch
nicht böse, sondern liebevoll, mit gespielter Verzweiflung,
schicksalsergeben. Vermutlich wäre sie nicht zufriedener
gewesen, wenn ihr Mann wirklich neapolitanischer geworden wäre, auch wenn sie immer wieder seufzend diesen
Wunsch äußerte. Es war eine Neckerei geworden, und die
mit beiden Füßen auf dieser neapolitanischen Erde stehen-
de Concetta wusste, dass sie ihren Deutschen nicht über-
fordern durfte und verschwieg ihm manches. Leider nicht
nur Alltagsgeplänkel, wie sich herausstellen sollte.
Herrmann war anfangs leicht beleidigt gewesen über seinen Status als „fesso", kokettierte im Laufe der Zeit dann
aber mit dieser Rolle und spielte diese Karte zuweilen be-
wusst aus. Aber wenn der Ehemann dann wieder einmal
richtig Deutsch reagierte und Concetta gut aufgelegt war,
was meistens der Fall war, sagte sie zu ihrer Tochter:
„Dein Vater ist halt Philosoph."
Und dann erzählte die Mutter der Tochter eine Geschichte,
die ihr ihr Mann selbst einmal erzählt hatte, nämlich die

Geschichte von der erdverbundenen thrakischen Magd, die den Philosophen Thales auslachte, weil der, während er zu den Sternen hinaufblickte, in eine Grube fiel, oder war es ein Brunnen, egal, der Sternengucker wusste nicht fest auf der Erde zu gehen.

„Aber", sagte die damals achtjährige Imma, „dieser Thales hat wundervolle Sterne gesehen, diese Magd aber nur Jauche oder so."

„Brava, Imma, brava", mischte sich da ihr Vater ein. „Aus dir kann noch eine tüchtige Philosophin werden."

„Santa Lucia", rief Concetta, „zwei Philosophen in der Familie! Wer könnte das aushalten?"

„Ein Philosoph wie du, Papa?"

„Liebe Imma, ich bin kein Philosoph. Ich bin nur Philosophieprofessor."

„Und was ist der Unterschied?"

„Nun, schau dir deinen Musiklehrer an! Er erzählt euch von Palestrina, von Rossini, von Verdi. Das waren Komponisten. Dein Musiklehrer erzählt nur von ihnen, erklärt ihre Musik."

„Aber, Papa, er singt uns auch Lieder vor, spielt Klavier."

„Tja, meine große Kleine, vielleicht steckt ja ein richtiger Musiker, vielleicht sogar ein Komponist in ihm. Bei Philosophieprofessoren kann das ausnahmsweise auch mal vorkommen."

„Dass sie singen und Klavier spielen?"

„Dass sie philosophieren."

„Und das tust du nicht?"

„Philosophieren – das tun wir alle, öfters schlecht als recht. Aber du, Imma, du machst es vielleicht mal richtig gut."

„Da sei San Gennaro vor!", unterbrach Concetta das Gespräch und hob theatralisch die Hände. „Ein Philosoph in der Familie reicht!"

„Aber Papa ist doch nur Professor der Philosophie", sagte

die Achtjährige und hob ihr Näschen in die Höhe.

Alle drei lachten, und Herrmann wurde von seinen beiden Frauen umarmt und geküsst. Und er küsste glücklich zurück.

4.

Imma hatte nach der Explosion den Tag über im Bett gelegen, war ruhiger geworden und schlief die meiste Zeit. Doch am Abend half sie schon wieder ihrer Mutter beim Zubereiten des Weihnachtsgebäcks. Herrmann nahm die letzten Ergänzungen an der Krippe vor, klebte die etwas wackligeren unter den Figuren fest, denn man wisse ja nicht, was noch explodiere.

Wie jedes Jahr vor Weihnachten war die deutsche Seele des Professors etwas getrübt. Kindheitserinnerungen wurden in ihm wach. Zwar hatte er neben der neapolitanischen Weihnachtskrippe auch den Christbaum eingeführt, der in Süditalien wenig verbreitet war, aber was war von dem gemütlichen heiligen Fest geblieben? Jedes Jahr musste er halb willig, halb unwillig an einer Fressorgie teilnehmen, die sich drei Tage lang von Heiligabend bis zum zweiten Feiertag hinzog. Stundenlang, in diesem Falle konnte man sagen, tagelang saßen die Familie und die Verwandten um den Tisch. Zwar hatte er gegenüber Concetta durchsetzen können, dass der Heiligabend noch im kleinen Familienkreis stattfand. Doch bevor man zur Mitternachtsmesse aufbrach, die Herrmann anfangs als Kulturereignis mitfeierte, spielte die Familie Tombola: Das hatte seine Frau durchgesetzt; sie spielten die Lotterie um kleine, symbolische

Lire-Beträge, gewürzt mit zweideutigen neapolitanischen Bezeichnungen für die einzelnen Zahlen.

Vor zwei Jahrzehnten war er, in Tübingen frisch promoviert und Philosophieassistent, als Gast auf Einladung eines neapolitanischen Professors an die „Università degli Studi di Napoli – L'Orientale" gekommen. Und war dort hängengeblieben, wie er es nannte, auch wegen Concetta, der Tochter eines Pizzabäckers, die ihm die Pizza so freundlich lächelnd servierte und sich über sein Italienisch amüsierte. Der Pizzabäcker starb, die Pizzeria wurde veräußert und dafür die Wohnung gekauft, in der sie jetzt seit vielen Jahren lebten.

Inzwischen war er Ordinarius, wobei er noch immer nicht verstand, warum gerade er so schnell Karriere gemacht hatte ohne jegliche politische Beziehungen. Auch war er nicht mit dem Universitätspräsidenten verwandt, was sonst den akademischen Aufstieg beschleunigte.

Herrmann hob eine kleine Krippenfigur in die Höhe. Es war ein Pizzabäcker mit einer Holzschaufel und einer Pizza darauf. Er klebte die Figur vor dem Pizzaofen fest, der neben der Höhle mit der Heiligen Familie stand. Aber was scherte das groß den Pizzabäcker, der seinem Geschäft nachging. Das Leben geht schließlich weiter. Zeit zum Kreuzschlagen gibt es auch zwischen zwei Pizzen.

„'ans! Santa Lucia, was machst du denn da wieder!"
Concetta war neben ihn getreten und schlug die Hände über ihren großen Busen zusammen.

„Du weißt doch, dass das Jesuskind erst an Weihnachten in die Krippe gelegt wird. Noch ist es ja gar nicht geboren. Jesus, 'ans, für was bist du denn Professor, wenn du das nicht einmal weißt?"

Concetta kniff ihn mit beiden Händen in die Wangen, küsste ihn und sagte mit Tremolo in der Stimme:

„Das werde ich nie begreifen: Wie kann man so intelligent sein - und zugleich so dumm? Du weißt doch alles und machst alles falsch."

„Mir fehlt der Wald", sagte Herrmann, wobei er sich später, als er darüber nachdachte, nicht erklären konnte, warum er plötzlich so einen Gedanken im Kopf hatte und aussprach.

„Ja, ja, das ist es!", rief seine Frau. „In Germanien werden die Kinder dazu erzogen, mit den Bäumen zu schweigen. Aber wir Neapolitaner bringen unseren Kindern bei, sich mit Menschen zu unterhalten und sich unter ihnen zurecht zu finden. Mamma mia, was für einen Mann habe ich da geheiratet", sagte sie, küsste ihn erneut und ging zurück in die Küche.

Der Professor hatte sich in einen Sessel neben der Krippe gesetzt und dachte vor sich hin. Er erinnerte sich wieder einmal, dass ein „uomo colto" - ein kultivierter Mensch - im Italienischen auch immer die Bedeutung von einem hat, der die Gelegenheit beim Schopfe packt. Das „carpe diem" hatte wohl ein deutscher Oberlehrer mit „nütze den Tag" übersetzt, als wären Cicero und Caesar Calvinisten gewesen. Dabei ging es doch um das Kunststück, im rechten Augenblick vom Baum die reife Frucht zu pflücken oder sich die überreife in den Schoß fallen zu lassen.

Herrmann schüttelte den Kopf über sich und ging in die Küche, wo seine beiden Frauen werkelten. Concetta schob ihm einen Mandarinenschnitz in den Mund und sagte:

„Mandarinen, was für ein herrlicher Schalenduft! Wenn ich das rieche, ist Weihnachten." Ihr Mann hatte dagegen beim Wort Weihnachten den Geruch eines brennenden Tannenzweigleins in der Nase. Und statt der übersüßen Struffoli, die hier in der Küche zubereitet wurden, sehnte er sich nach Zimtsternen, Lebkuchen und Springerle.

5.

Am nächsten Morgen, als Herrmann zu den beiden Frauen, die schon wieder in der Küche standen, sagte, er gehe kurz zum Frisör, um sich rasieren zu lassen, meinte Concetta, er solle sich auch die Haare schneiden lassen. Weihnachten stehe vor der Tür. Was würden die Verwandten sagen, wenn er so..."

„...als Struwwelpeter antanzt", setzte Imma fort.

„Und wer ist dieser Schtru....dieser Peter?"

„Jemand, der vergaß, zu Ò Saracin zu gehen", erklärte Imma. „Aber ich mag dich auch so verstruwwelt, Papa".

„Ah, ich muss euch beide noch etwas fragen", sagte er und wehrte lachend Imma ab, die ihn mit Mehl an den Händen abzuschmusen versuchte.

„Ist es in Ordnung, dass Giuseppe wieder am Heiligen Abend zu uns kommt? Ihr wisst ja, dass er niemanden sonst hat."

Beide waren einverstanden, doch sagte Imma lachend: „Aber nur, wenn er uns auch rasiert."

„Imma!", rief ihre Mutter entsetzt, „Imma, du wirst doch keinen Mann an deine Beine lassen."

„Nein, Mamma, nicht einen so uralten Barbier."

Concetta stieß einen Entsetzensschrei aus und stürzte mit ihrem Kochlöffel bewaffnet hinter ihrer Tochter her, die lachend um den Küchentisch lief, während ihr Vater sich auf den Weg machte.

Auf der Treppe traf er einen Stock tiefer mit dem Chef des dort untergebrachten Architekturbüros zusammen. Sie grüßten sich und wünschten sich gegenseitig schon mal ein frohes Weihnachtsfest. Wann immer Hermann den Architekten traf, erinnerte er sich daran, wie ihm dieser einmal von den Tuffsteinhöhlen unter der Stadt erzählt hatte. „Und da gab es schon mal Kollegen", so der Architekt, „die Häuser auf die Weise gebaut, dass die Abortrohre kostengünstig direkt in so eine Höhle darunter führten".

Herrmann hatte ihn ungläubig angeschaut, dann aber geistesgegenwärtig erwidert:

„Architetto, also leben viele Neapolitaner nur über der Scheiße und nicht wie die Sünder im zweiten Graben des achten Höllenkreises mitten in der Scheiße."

„Professore, ich sehe, Sie kennen die 'Göttliche Komödie'. Dante, unser großes italienisches Genie, der größte Poet aller Zeiten."

Dem widersprach der Deutsche nicht, obwohl man natürlich lange über Dante, Cervantes, Shakespeare und Goethe hätte diskutieren können.

Der Architekt hatte dem Deutschen aber auch einen nützlichen Hinweis gegeben: Nachdem dieser in die Wohnung eingezogen war, hatte er erfahren, dass der Eintrag über den Eigentümerwechsel im Grundbuchamt in Neapel Jahre dauern könne.

„Legen Sie einen 50.000-Lire-Schein zwischen die Antragspapiere, dann geht es in zwei Tagen", sagte der Architekt.

Und so hatte es Herrmann dann auch gemacht. Ihn konnte nur noch wenig schockieren, nachdem er Monate davor beim Notar noch fassungslos gewesen war. Damals stellte er erstaunt fest, dass in dem offiziellen Kaufvertrag nur die halbe Kaufsumme eingetragen war. Doch der Notar erklärte dem unwissenden Deutschen unter den Vertragspartnern: „Professore, so sparen Sie Steuern. Aber keine Angst: Die beim Finanzamt wissen natürlich, dass wir das so machen und kalkulieren schon das Doppelte ein. Wenn wir also die richtige Kaufsumme eintragen würden, dann müssten Sie wirklich das Doppelte zahlen."

Herrmann hatte nur den Kopf schütteln können, aber dann schicksalsergeben unterschrieben. Das Doppelte zu bezahlen, das sah er dann doch nicht ein. Im Übrigen war er Gastarbeiter in Italien und fühlte sich nicht berufen zu versuchen, Sitten und Gebräuche des Gastlandes zu ändern. Vor allem wenn es offenbar niemandem schadete.

6.

Angelo küsste Imma. Oder küsste Imma Angelo? Auf jeden Fall sah Herrmann wie sich die beiden küssten. Er tat so, als sähe er es nicht, nahm jedoch aus dem Augenwinkel im Vorbeigehen wahr, dass Imma ihn bemerkt hatte. Später flüsterte sie ihrem Vater ins Ohr, er solle nichts Mamma sagen, die halte sie noch für ein Kind. Eigentlich hielt er sie auch noch für ein Kind, doch fühlte er sich geschmeichelt. Er flüsterte zurück, dass sie ihm aber als Gegenleistung von ihrem Alptraum erzählen solle, was sie noch nicht getan hatte. Imma versprach es.

Die Familie war an dem Feiertag San Stefano, dem 26. Dezember, wie jedes Jahr bei einer Kusine Concettas und der Patentante Immas, Stefania. So wurde auch noch deren Namenstag mitgefeiert. Das Abendessen am 24. Dezember mit Ò Saracin als Gast war harmonisch verlaufen. Bei der obligaten Tombola riefen sich Concetta und der Frisör die neapolitanischen Bezeichnungen für die Zahlen um die Wette zu. Dann gingen Mutter und Tochter zur Mitternachtsmesse, während die beiden Männer philosophisch eine zweite Flasche Wein leerten. Der erste Weihnachtstag bei der Familie einer Schwester Concettas in Portici mit Neffen, Onkel und Tanten war die übliche große Esserei gewesen. Doch der Besuch bei Stefania war für Herrmann wie jedes Jahr eine Qual. Nicht Stefanias, sondern wegen ihres Mannes Don Gennaro. So wurde er nämlich von allen angeredet. Mit Don. Wie das auch mit dem Pfarrer gemacht wurde, und, wie sich der Deutsche glaubte zu erinnern, auch Marlon Brando in seiner Filmrolle als Pate.

Man sprach Don Gennaro wie einen Priester oder wie Herrmann damals seinen Schwiegervater mit „Voi" an, also ehrend und familiär zugleich mit „Ihr". Das Thema Camorra aber war ein Tabu-Thema zwischen Concetta und Hans, wie dieser sehr rasch begriffen hatte. Wobei er sich nie ganz sicher war, ob er vielleicht doch nur zu viel über das organisierte Verbrechen in Italien gelesen hatte. Nicht jeder reiche Neapolitaner musste ja damit zu tun haben. Herrmann entschied rasch, dieses Thema nicht zu einem Forschungsschwerpunkt zu machen.

Don Gennaro war im In- und Exportgeschäft reich geworden, wie man dem eingeheirateten Deutschen erzählt hatte. An einem Hang des Vesuvs hatte er eine Luxusvilla errichten lassen inmitten eines großen Grundstücks, das eine festungsartige Mauer umgab. Die drei älteren Söhne des Hausherrn waren schon mit im Geschäft, der jüngste Sohn Angelo sollte in einem halben Jahr das Abitur machen.

„Ihr müsst wissen, Professore", sagte Don Gennaro zu Herrmann, „dass Angelo dann studiert."

„Ich nehme an, dass er nicht zu mir kommt."

„Ein Philosoph in der Familie genügt", sagte der Neapolitaner lachend. „Ihr seid mir nicht böse, aber er soll etwas Vernünftiges lernen. Er studiert ab kommenden Herbst Jura. Ein Rechtsanwalt in der Familie ist Gold wert, sage ich Euch."

„Und erst im Geschäftsleben", fügte der Deutsche hinzu.

„Professore, da habt Ihr Recht. Da ist ein Rechtsverdreher besonders wichtig."

„Muss Angelo nicht erst seinen Wehrdienst ableisten, bevor er studiert?"

„Professore, bei allen meinen Söhnen hat mein Vertrauensarzt eine Allergie festgestellt, die ihnen den Militärdienst unmöglich macht."

„Ich hoffe, dass es nichts Schlimmes ist."

Don Gennaro lachte, warf sich in die Brust und strich sich über den Schnurrbart.

„Professore, schaut mich an! Ich strotze vor Gesundheit, und meine vier Söhne sind stark, schön und gesund - wie ich."

„Ogne scarrafone è bello â mamma soja" - Jede Schabe ist in den Augen ihrer Mutter schön. Das neapolitanische Sprichwort kam Herrmann in Sinn; aber er verkniff es sich, es auszusprechen, konnte sich aber nicht enthalten zu sagen:

„Schade nur, dass alle Ihre Söhne diese vermaledeite Allergie haben."

Don Gennaro konnte sich vor Lachen nicht halten, klopfte dem Deutschen auf die Schulter.

„Professore, Ihr seid furbo!"

„Don Gennaro, wenn Ihr es sagt."

7.

Auf der Rückfahrt nach Neapel, die Circumvesuviana ratterte laut über die Schienen, ließ sich Concetta lange über Angelo aus. Wie der Junge ein richtig hübscher junger Mann geworden sei, Advokat werden würde und überhaupt... Imma gab sich tödlich gelangweilt, und ihr Vater wies auf den Vesuv, der sich doch so majestätisch erhebe, wenn auch etwas bedrohlich. Denn irgendwann würde er wieder ausbrechen, und er verstehe einfach nicht, wie man an seinem Hang baue. Im Übrigen sei es eigentlich verboten, aber keiner hielte sich an das Bauverbot.

Zu Hause lud Hermann seine Tochter zu einer den Abend abschließenden Schachpartie ein. Überraschenderweise hakte Concetta hier nicht wie sonst üblich ein, moserte nicht, dass ein Schach spielendes Mädchen keinerlei Heiratschancen habe. Während die Mutter im Wohnzimmer dem zweiten Teil der abendlichen TV-Weihnachtsshow folgte, zog sich der Rest der Familie in das Arbeitszimmer zurück. Die Schachfiguren wurden zwar aufs Brett gestellt, aber dann glaubte Herrmann sich verteidigen zu müssen.
„Imma, ich habe Deiner Mutter nichts erzählt."
Seine Tochter grinste.
„Papa, das glaube ich dir. Du weißt doch, dass sie und Tante Stefania mich schon immer verkuppeln wollten. Schon als Baby war ich die Verlobte. Schon aus diesem Grund wollte ich eigentlich nie etwas von ihm wissen."
„Eigentlich?"
„Angelo ist nicht wie die anderen der Familie, und er ist wirklich ein Schatz, nicht wie sein Vater, seine Brüder. Und ich habe ihn ja bloß mal geküsst. Das ist doch keine Sün-

de."

„Nein, mein kleiner großer Schatz, dass ist keine Sünde, und der arme Angelo ist wirklich ein sympathischer Kerl. Aber er ist der Sohn von Don Gennaro."

„Ich weiß, ich weiß", flüsterte Imma. Es entstand eine lange Pause, und keiner der beiden griff das Thema auf, das eigentlich anstand. Viel später machte sich Herrmann das zum Vorwurf. Er war der Vater, der Erwachsene, und er hatte wie alle geschwiegen.

Als dann seine Tochter mit Schachspielen beginnen wollte, forderte er sie auf, wie versprochen erst einmal ihren Alptraum zu erzählen. Sie druckste herum, doch dann kam es langsam aus ihr heraus.

„Es war schon dunkel. Ich und Angelo waren in einem Park oder so. Wir gingen Hand in Hand. Mich wunderte das etwas, denn ich war bis dahin ja nie näher an ihn herangerückt, hatte ihn immer nur gefrotzelt, weil er so zurückhaltend war, während seine erwachsenen Brüder ständig dumme Anspielungen machten und mich wegen meiner roten Haare aufzogen. Wir gingen also spazieren, als wir überfallen wurden. Mehrere finstere Kerle...."

Imma kam ins Stocken, sie legte ihr Gesicht in ihre Hände und begann zu schluchzen. Ihr Vater stand auf, setzte sich auf eine Armlehne des Sessels, drückte das Mädchen an sich und versuchte sie zu beruhigen.

„Imma, du musst nicht weiter erzählen, wenn es dich zu sehr mitnimmt."

„Ich will es dir erzählen, vielleicht kann ich dann wieder ruhig schlafen. Aber, Papa, wenn du dann nicht mehr richtig schlafen kannst?"

Sie schaute zu ihm auf.

„Dann würde ich gerne für dich wachen. Mach dir keine Sorgen um deinen alten Papa! Als Baby habe ich dich mit

deutschen Wiegenliedern in den Schlaf gesungen und bin dabei auch schon mal selbst eingeschlafen. An Schlaflosigkeit stirbt man übrigens nicht, sagte mir einmal ein Arzt..."
„Papa, sprich nicht vom Sterben! Es reicht, wenn in meinem Traum gestorben wird." Imma schwieg und dann erzählte sie leise weiter:
„Wir wurden überfallen. Sie fesselten uns aneinander, gossen Benzin über uns und zündeten uns an."
Imma klammerte sich an ihren Vater und schrie:
„Wir brannten, lichterloh – und da wachte ich auf, ging auf die Terrasse und sah es dort in S. Giovanni a Teduccio brennen."
Herrmann drückte seine weinende Tochter an sich, strich ihr übers rote Haar, küsste es. Langsam beruhigte sich Imma. Ihr Vater hatte sie hochgezogen, sich in den Sessel gesetzt und jetzt kuschelte Imma auf seinem Schoß. Concetta trat herein, und er sagte:
„Ich muss unsere Tochter trösten. Sie hat wieder einmal gegen mich verloren. Concetta, ich kann dich beruhigen. Schachspielen ist nicht wirklich ihr Ding."

8.

Sie lagen nach dem Mittagessen auf dem Bett, halb entkleidet, ruhten etwas – und redeten um den heißen Brei herum. Herrmann hatte den Arm um die Schulter seiner Frau gelegt, die sich an seine Brust kuschelte. Allerdings kehrte keine richtige Ruhe ein, denn Concetta sprach wieder einmal über ihre Tochter. Seit Imma in die Pubertät gekommen war, war das Mädchen ein unerschöpfliches Thema geworden, vielmehr deren Jungfräulichkeit. Ein Thema für Concetta, nicht für Hans, der, so kritisierte ihn seine Frau, offenbar die Problemlage nicht sehen konnte oder nicht sehen wollte.

„Vermutlich beides", meinte sie.

„Meine Liebe, wenn ich etwas nicht sehen kann, dann kann ich es weder wollen noch nicht wollen. Dann existiert das Problem einfach nicht für mich."

„Mein Lieber, das galt vielleicht früher. Aber nachdem ich dich mit der Nase auf das Problem gestoßen habe, weißt du, dass es existiert."

Er musste ihr Recht geben.

„Welcher Scharfsinn! Anscheinend hast du auch eine philosophische Ader."

„'ans, du lenkst vom Thema ab. Du willst es einfach nicht einsehen."

Es war die Unberührtheit der Tochter. Das war insofern ein heikles Thema, weil er noch immer mit sich haderte, dass er den Taufnahmen 'Immacolata', die Unbefleckte, akzeptiert hatte. Als seine schwangere Frau diesen Namen für ein Mädchen vorgeschlagen hatte, lachte er ungläubig auf. Doch das Lachen verging ihm, als Concetta ihm klar machte, dass es gar keine Alternative gebe, dem Kind, wenn es denn eine Tochter würde, den Namen ihrer Großmutter, also Concettas Mutter zu geben. Das gehöre sich nun einmal so in Neapel. Abgesehen davon sei es das Mindeste an Pietät gegenüber der Toten und der Familie.

„Und schließlich", so hatte Concetta damals erklärt, „schwärmst du, 'ans, doch immer von der Musikalität der italienischen Sprache. Und Immacolata ist doch eine halbe Arie. Hör doch einfach mal: Im-ma-co-la-ta!"

Er musste sich geschlagen geben. Als aber seine Frau erklärte, falls es wider Erwarten doch ein Junge würde, dann....

„Nein, Concetta! Nein! Den Namen deines Vaters nur über meine Leiche. In meiner Familie wird es keinen 'Adolfo' geben. Dann schon lieber den Namen meines Vaters: Max. Dieser Max war im Zweiten Weltkrieg gefallen, also auch tot. Concetta räumte ein, dass Max ein schöner Name und durchaus erwägenswert sei. Im Übrigen versteifte sie sich in dieser Frage nicht, denn sie war überzeugt, dass sie eine Tochter bekomme. Alle Frauen im Viertel und in der Familie bestätigten ihr mit Blick auf ihren runden Bauch, dass es ein Mädchen werde. Für einen Jungen brauche es einen spitzen Bauch.

An diesen Nachmittag erhitzte sich die Jungfrauenfrage allerdings nicht, denn für Concetta galt ihre Tochter doch als halb verlobt, und angesichts des sanften Angelos war ihrer Meinung nach nicht wirklich etwas zu befürchen.

„Stille Wasser sind tief", neckte Herrmann seine Frau. Doch ließ sich diese nicht aus der Ruhe bringen:

„'ans, der liebe Angelo wird schon rot, wenn bei der Tombola die Zahlen 28 oder 29 aufgerufen werden."

Und für ihren deutschen Mann, der die symbolischen Namen dieser Zahlen nicht wie sie auswendig kannte, erklärte sie:

„28 ist È zzizze' und 29 Ò pate d''e criature'" - der Busen und das männliche Glied.

„Und", triumphierte Concetta, „Angelo wird Advokat."

Das ist für meine Frau, dachte er, fast so etwas Harmloses wie Philosoph.

9.

Das Gymnasium hatte für Imma nach den Weihnachtsferien wieder die Tore geöffnet wie die Universität die ihrem Herrmann. Für die Schülerin ging die unendliche Schulgeschichte von Dantes „Göttlicher Komödie" weiter, für den Professor der unendliche Versuch, Kant auf Italienisch zu erläutern, wo es doch schon auf Deutsch so aussichtslos schien.

Und doch hatte die Kantinterpretation den damaligen Gastdozenten Herrmann 1968 an der Universität berühmt und berüchtigt gemacht. Bei dem Versuch, Kants Ding an sich zu erklären, bei dem reihenweise die Studenten in einen Dämmerschlaf zu versinken drohten, passte sich der Deutsche dem damaligen pseudorevolutionären vulgären Jargon an. Er sprach von Schwanz und Möse.

Studenten und Studentinnen fuhren bei diesen Wörtern aus ihrem Tiefschlaf und lauschten dem Dozenten. Wie der Schwanz respektive die Möse an sich beschaffen sei, könne niemand sagen. Das Ding Schwanz an sich respektive Möse an sich könne kein Mann respektive keine Frau kennen, denn beides erscheine ja nur als Erscheinung eines Dinges in der menschlichen Erfahrung. Der deutsche Dozent ging über das verbreitete Grinsen und Gekicher der Studierenden hinweg und fuhr fort, das gelte für alle empirischen Dinge, zum Beispiel auch für einen Baum. Manche Studenten grinsten erneut, weil sie das selbstverständlich als Phallussymbol registrierten. Was dieser Baum da draußen an sich sei, könne man nie sagen, da er einem ja nur als Erscheinung in der Erfahrung entgegenwüchse. Wobei einige der Studenten andere Erektionen assoziierten. Insofern sei Kant als kritischer Realist einzuordnen, da Schwanz und Möse eben als Erscheinungen in der Erfahrung sehe und nicht naiv als Ding an sich, wie es etwa ein braver Urologe oder Frauenarzt tue. Bei einem Naturwissenschaftler sei das auch in Ordnung, denn es gehe ihnen ja nur um den empirisch-praktischen Umgang mit den Dingen und nicht um das Erkennen ihres Wesens an sich. Er, Herrmann, müsse betonen, dass er mit seiner Sicht von Kant als kritischen Realisten nur eine der vielen Kant-Schulen vertrete. Bekannterweise werde Kant meist als Idealist eingeordnet, was dem der von ihm benutzte Begriff der „reinen Erscheinung" unfreiwillig Vorschub geleistet habe, allerdings habe Kant das ja dann im Vorwort der zweiten Auflage der „Kritik der reinen Vernunft" klargestellt, auch wenn dann später Schopenhauer dies als Verfälschung des angeblich eigentlichen Gedankens Kants abgelehnt habe usw. usw. Die Zuhörerschaft war wieder in einen allgemeinen Dämmerzustand gefallen, während der deutsche Dozent verzweifelt mit Kant und der italienischen Sprache rang.

An diesem Januarnachmittag schritt aber nicht mehr der junge Dozent, sondern der bejahrte Ordinarius durch die Eingangshalle der Orientale-Universität, wo ihm ein Kollege der Literaturgeschichte begegnete, der ihn anstrahlte und erzählte, er habe über Weihnachten endlich Nietzsches „Also sprach Zarathustra" gelesen.
„Was für ein Buch!"
„Dann doch lieber das Evangelium", meinte der Deutsche.
„Die Bibel?"
„Nietzsche predigt Wein und trinkt Wasser; er preist das Tanzen, aber er wandert."
Der Kollege schaute ihn mit offenem Mund an, doch da ging Herrmann schon weiter, traf dann aber auf eine Philosophie-Kollegin, die verärgert den neuesten Fall von

Vetternwirtschaft kolportierte. Die zu besetzende Philosophie-Assistentenstelle gehe an einen Historiker, und nur darum, weil der das Patenkind des Universitätspräsidenten sei. Herrmann hörte sich stumm die Klage der Kollegin an, überlegte währenddessen, worauf sich ihre Hochschulkarriere aufbaute, reflektierte aber nicht weiter, ob beim Zustandekommen seiner Universitätslaufbahn etwas nicht in Ordnung gewesen sein könnte. Gelegentlich hatte ihn in der Vergangenheit schon etwas verwundert, dass er Professor wurde, obwohl er als Deutscher keine hilfreichen politischen Beziehungen hatte.

10.

Dem Professor für Philosophiegeschichte saß ein ganz besonderer Student gegenüber, ein Fall zum Haare ausraufen. Der junge Mann wiederholte gerade die mündliche Prüfung. Zwar hatte ihn Herrmann Gnaden halber die Prüfung vor einem Jahr knapp bestehen lassen, aber der Student akzeptierte damals die Mindestnote nicht und erklärte, er werde beim nächsten Prüfungstermin wieder erscheinen. Das Recht, Prüfungsnoten verweigern zu können, hatten sich die Studierenden in der 1968er Rebellion erstritten. Nun drohte dieser Marcello also, ein drittes Mal zu erscheinen und oder vielleicht gar ein viertes Mal in der Hoffnung, dass ihn der Professor einfach nicht mehr ertragen und ihm eine bessere Note schenken würde, um dem Trauerspiel ein Ende zu machen.

„Hören Sie, Marcello", stöhnte Herrmann, „warum muss es denn unbedingt Kant sein? Sie können praktisch kein

Deutsch, obwohl Sie eine deutsche Mutter haben, und bisher haben Sie eigentlich nur bestätigt, dass es einen deutschen Philosophen namens Kant gegeben hatte in Königstein – was im Übrigen Königsberg heißen muss. Dann bringen Sie ständig die Begriffe 'transzendental' und 'transzendent' durcheinander. Zugegeben, das passiert auch den meisten deutschen Theologen. Aber Sie sind es, der mit mir über die 'Kritik der reinen Vernunft' sprechen wollte. Dass Sie dabei auch wahllos 'Vernunft' und 'Verstand' gebrauchen, könnte man unter dem Hinweis auf Kant selbst noch entschuldigen, denn der hat da auch nicht immer genau unterschieden. Aber die Philosophiegeschichte ging ja ein wenig weiter und Schopenhauer hat, worauf ich in meiner Vorlesung mehrmals hinwies, deutlich den Unterschied der beiden Begriffe herausgearbeitet.

„Ja, Professore, ich erinnere mich. Ein Hund kann verständig reagieren, aber nicht vernünftig, denn er könne ja nicht über den gestrigen oder den morgigen Tag bellen."

„Ja, ja, so etwas habe ich nebenbei in etwa einmal gesagt..."

„Aber", fuhr der Student eifrig fort, denn endlich hatte er etwas zu sagen, „aber, Professore, mein Hund und ich unterhalten uns jeden Tag miteinander."

„Auf Italienisch oder auf Neapolitanisch?"

„Professore, egal was ich sage, Benito versteht, was ich sage und tut es. Er ist eine ungeheuer vernünftige Bestie."

„Mein Gott, Marcello! Sie werden Kant wohl nie verstehen. Benito heißt Ihr Hund? Ach ja, das hatten Sie mir schon bei der letzten Prüfung erzählt. Ihr Vater ist Kommunist und versetzt Benito ständig Tritte."

Kopfschüttelnd sah er den Studenten an, überlegte eine Weile, während Marcello ihn anstrahlte, und sagte schließlich:

„Hören Sie: Ich gebe Ihnen Gnaden halber zwei Punkte

mehr, aber quälen Sie mich nicht mehr mit ihrer Anwesenheit bei einer Prüfung."

„Professore, das kann ich nicht akzeptieren. Das ist eine viel zu niedrige Note. Die würde meinen Notendurchschnitt zu sehr herunterziehen. Ich habe bisher nur sehr gute Noten."

„Nein."

„Professore, Sie müssen verstehen: Ich kann nicht noch mehr Zeit in Kant investieren. Ich muss mein Studium selbst finanzieren, habe viele kleine Aushilfsarbeiten zu machen. Woher soll ich die Zeit für Kant finden? Das müssen Sie doch verstehen. Könnte ich nicht meinen älteren Bruder das nächste Mal an meiner Stelle schicken? Der ist viel intelligenter als ich."

„Und der versteht etwas von Kant?"

„Das gerade nicht, aber er kann sich noch viel besser mit unserem Hund unterhalten."

„Mein Gott!"

„Also gut, Professore, dann bis zur nächsten Prüfungssession."

Herrmann schlug die Hände über dem Kopf zusammen, riss sich dann aber zusammen und rief den Studenten zurück.

„Wie Sie wollen, Marcello. Aber bei jedem weiteren Examen werde ich Ihnen immer schwierigere Fragen stellen. Sehen Sie dann zu, wie Sie damit klar kommen!"

11.

Als Herrmann gerade die Wohnung verlassen wollte, klingelte das Telefon. Er hob den Hörer ab und sagte:

„Pronto....ciaò, Stefania, danke mir geht es gut. Und dir?

Ich mache mich gerade auf den Weg zur Universität und reiche den Hörer an Concetta weiter. Ciaò, ciaò."

Seine Frau war schon neben ihn getreten und griff ungeduldig nach dem Hörer.

„Ciaò, Stefania.....'ans ist gerade aus dem Haus gegangen. Alles in Ordnung bei euch?.....Ja, hier auch. Imma ist auf dem richtigen Weg.....Nein, nein, sie hat es nicht ausdrücklich gesagt, aber sie und Angelo hatten sich bei euch ja geküsst. Sie hat es mir nie erzählt und 'ans tut so, als wisse er von nichts. Und beide meinen wohl, ich wüsste von nichts. Dabei wissen es ja alle.....Als könnte 'ans mir je etwas verbergen, der Arme. Wie kann einer so intelligent sein – und zugleich so dumm......Nein, nein, er ist ein wahrer Schatz. Nicht sehr aktiv, du weißt schon, was ich meine, aber eine wirklich treue Seele. Aber so naiv, so naiv.....Bei Imma bin ich mir manchmal wirklich nicht so sicher......Eine halbe Neapolitanerin ist sie ja auf jeden Fall. Ich glaube manchmal, sie hat es dicker hinter den Ohren, als wir alle ahnen. Dabei tut sie manchmal, als wäre sie eine Nonne. Aber du weißt ja: È loffe d'è monache addorano è `ninenzo – Die Fürze der Nonnen duften wie Weihrauch."......Ja, ja, wann will er kommen? Du weißt, dass er hier immer willkommen ist bei uns. Wir verdanken ihm ja so viel. Das ist das mindeste. Und die beiden jungen Leute lieben sich ja anscheinend wirklich....Wie? Enza und Renzo wollen sich trennen? Aber das geht doch nicht.....Ja, das ist schon ein Kreuz, keine Kinder bekommen zu können......Warum machen die beiden nicht einen Pilgermarsch zur Madonna dell'Arco?.....Haben sie schon? Aber es gibt noch so viele andere Madonnenheiligtümer. Und dann ist da ein Gynäkologe in Paris, ich habe kürzlich was beim Frisör in einer Zeitschrift gelesen, seinen Namen habe ich vergessen, aber dieser Franzose soll Wunder vollbringen.....Wie? Wie kannst du nur so Böses denken? Liegt es denn an Enzo?.....Dagegen hat Maria hier im Haus, du weißt, sie ist um fünf Ecken mit mir verwandt, aber wirklich um fünf Ecken, einen Sohn bekommen.....Ja, vor drei Tagen. Ihr Mann Carlo war gerade mit dem Schnellboot unterwegs, um die Malboro an Land zu schaffen. So hat er es erst einen Tag später erfahren.....Ja, ja, ich war dann im Krankenhaus. Was für ein strammes Kerlchen hat sie geboren. Über vier Kilo. Maria hat mir dann ihren Wohnungsschlüssel gegeben und ich habe alles Nötige von zu Hause ins Krankenhaus gebracht.....Nein, nein, inzwischen ist Carlo wieder zu Hause und kümmert sich darum.....Wie? Der Patenonkel deines Mannes in Amerika ist tot? Das ist ja schrecklich.......Und so ein furchtbarer Tod. Mein aufrichtiges Beileid. Ich werde nachher eine Kerze für ihn in der Kirche aufstellen...... Er war doch so ein erfolgreicher Geschäftsmann......Zerbrich dir nicht den Kopf! Mögen die Madonna und San Gennaro.....Ja, ja, die Tomatenpreise sind einfach unverschämt. Sollen die Deutschen, na sagen wir, die Engländer und Schweden diese Preise für unsere Tomaten zahlen, aber wir hier.....Denk dir, neulich, als ich diesen kleinen ambulanten Termin in der Klinik hatte.....Nein, nein, alles harmlos....Also da hat 'ans die Pastasoße gekocht, danach gab es Mozzarella und Salat, da konnte man ja nichts falsch machen. Also er kocht eine Soße alla putancesca.... Doch, wirklich schön mit Oliven und Kapern.....Nein, nein, er hat reichhaltig von beidem dazu getan, nicht wie Deine Schwester, die zwei Oliven und drei Kapern rein tut......Also, das war perfekt von mir gelernt, diese Soße, und dann, und dann, du glaubst es nicht, hat er Rigatoni genommen.....Ja, unglaublich! Spaghetti alla putancesca mit Rigatoni! Das kann auch nur einem Deutschen passieren!......Wie, zugeben, vielleicht würde ich in Germanien auch mal falsche Kartoffeln benutzen, aber Rigatoni zu putanesca! Einfach unglaublich.......Da hast du Recht, die Artischocken vom Feld deines Schwagers sind die besten. Und die auf dem Holzkohlengrill, innen Knoblauch und Petersilie. Ich könnte ein halbes Hundert davon essen. Damals, erinnerst du dich, habe ich mindestens drei Dutzend verdrückt. Ah, ich lecke mir jetzt noch die Finger danach.....Wie? Don Francesco macht Schwierigkeiten? Aber er und seine Pfarrei könnten ohne eure großzügigen Spenden nicht existieren. Und habt Ihr nicht den Kirchturm, der einzufallen drohte, restaurieren lassen.......Ja, die Welt ist undankbar.....Warte, es hat geklingelt, ich muss die Tür öffnen.....Hallo, Stefania, es ist Imma, ein Lehrer ist krank und die letzten zwei Stunden sind ausgefallen...Ja, ja, ich grüße sie von dir und natürlich von Angelo.....Hör zu, Stefania, ich muss jetzt doch auflegen. Auf dem Herd köchelt die Tomatensoße....Nein, heute nicht alla putanesca, eine einfache Bolognese."

12.

„Rossa, saluta e passa" - Eine Rothaarige, grüß und geh weiter, rief der Straßenkehrer, als Imma in den Osterferien über die Piazza Plebicito schritt. Sie ignorierte den Kerl und das neapolitanische Sprichwort, das sie so oft schon hatte hören müssen, zuckte nicht mit der Wimper, doch als der Mann, nachdem sie an ihm vorüber gegangen war, einen bewundernden Pfiff ausstieß und schrie „Was für ein Hintern!", da konnte sie sich ein Grinsen nicht verkneifen. Sie drehte sich im Weitergehen kurz um und rief:
„Vìdela, mìrala, ma nun 'a tuccà!" - Schau ihn an, bewundre ihn, aber berühr ihn nicht!

Während Imma zu ihrer Verabredung mit Angelo in die Galleria eilte, wunderte sich ihr Vater über einen dicken Mercedes, der an diesem späten Nachmittag sperrig im Innenhof seines Palazzos parkte. Zwei Männer lungerten dabei rauchend herum, und einer nickte ihm sogar zu, als er an ihm vorbei zum Treppenaufgang ging. Herrmann konnte sich nicht daran erinnern, den Mann schon einmal gesehen zu haben – oder doch? Er zerbrach sich den Kopf beim Hochsteigen. Ein Anfangsverdacht ging ihm durch den Kopf, doch schüttelte er den weg. Das konnte es dann doch nicht sein, dachte er. Aber es stimmte, wie er oben gleich feststellen musste.

Als er in die Wohnung eintrat, eilte ihm Concetta entgegen. „'ans, ein überraschender Besuch. Don Gennaro wartet schon auf der Terrasse."

Herrmann war nicht entzückt, hatte er doch Recht mit seiner Ahnung gehabt, dass er den Mann unten im Hof vielleicht am Hang des Vesuvs gesehen hatte, in jener Villa...

„'ans, sei nicht fesso!", flüsterte ihm seine Frau ins Ohr, „'ans, ich beschwöre dich!"

Zusammen traten sie auf die Terrasse, er mit einem mulmigen Gefühl im Bauch.

„Da ist er, Don Gennaro", rief Concetta, „noch einen Kaffee?"

Der Gast stand an der Terrassenbrüstung, drehte sich um und begrüßte den deutschen Verwandten mit Wangenküssen. Die tauschte der Deutsche zwar mit allen Mitgliedern der Großfamilie aus, aber mit dem Villenherrn war es bisher bei einem Händedruck geblieben.

„Don Gennaro, was für eine Überraschung. Ihr hier?", stotterte er.

„Professore, Ihr habt es schön hier. Mein Kompliment."

„Ja, und der Vesuv ist etwas weiter weg als bei Euch."

Don Gennaro lachte, machte mit den Fingern beider Hände das typische Zeichen, das Unglück abwehren soll.

„Noch einen Kaffee, Don Gennaro", sagte Concetta in die folgende kleine Pause. „Nein? Du auch nicht, 'ans? Dann lasse ich Euch zwei Männer einmal allein. Ich habe in der Küche zu tun."

Herrmann begann zu schwitzen. Das Verschwinden seiner Frau bedeutete nichts Gutes. Er schaute Don Gennaro an.

„Professore, ich habe ein kleines Anliegen an Euch. Ihr kennt meinen Sohn Angelo?"

„Ja, natürlich", stotterte der Deutsche und überlegte mit rasenden Gedanken, worauf das hinaus solle. „Angelo, ist ein sehr hübscher, sympathischer und intelligenter Junge", fügte er hinzu, was sehr überzeugend klang, weil es wirklich seine Meinung war.

„Ja, das ist Angelo. Und er hat sich verliebt. Na, Ihr wisst ja selbst, wie das in der Jugendzeit vorkommt. Aber er ist ein ernsthafter Junge und ein ehrenhafter. Er will das Mädchen heiraten. Um es kurz zu machen: Professore, ich bitte in seinem Namen um die Hand Eurer Tochter Imma."

Herrmann lief es kalt den Rücken hinunter. Ihm war klar, warum ihm Concetta zugeflüstert hatte, er solle nicht blöde reagieren. Die Bitte Don Gennaros war eine jener Bitten, die einfach nicht abzulehnen waren. Dem Deutschen brach das Herz, nicht, weil er etwas gegen Angelo hatte, aber...

„Don Gennaro, ein ehrenwerter Antrag", begann er stockend, doch dann ging es flüssiger weiter. „Ein ehrenwerter Antrag, aber meine Tochter ist erst 16 Jahre alt, wird zwar demnächst 17, aber ist das nicht ein bisschen früh? Und Sie geht noch zur Schule, und, Ihr müsst verstehen, ich bin ein Deutscher, und ich ..."

„Professore", wurde er unterbrochen, „Professore, die jungen Leute sollen ja nicht gleich heiraten. Natürlich kann Imma im nächsten Jahr noch ihr Abitur machen. Angelo wird da schon mitten im Studium sein. Ihr wisst, er soll Jura studieren. Ich brauche einen Anwalt meines Vertrauens. Und Angelo eine Frau seines Vertrauens – und meines Vertrauens. Sie gehört ja zur Familie."

Herrmann schauderte beim letzten Wort.

„Don Gennaro, wie ich schon sagte: Euer Antrag, Angelos Antrag ist eine Ehre. Wenn sich die beiden jungen Leute wirklich lieben..."

„Professore, das tun sie, das tun sie."

„...wenn sie sich wirklich lieben, Don Gennaro, dann sollen sie meinen Segen haben. Ich nehme an, dass meine Frau der gleichen Meinung ist und...

„Professore, das tut sie, das tut sie. Dann sind Angelo und Imma also verlobt. Ich wusste, dass Ihr ein verständiger Mann seid, auch wenn ich bei einem Deutschen nicht ganz so sicher war", sagte er lachend. „Professore, wir sehen uns. Wenn Ihr wieder einmal Hilfe braucht, lasst es mich wissen."

Und dann verabschiedete sich Don Gennaro von dem Ehepaar. Herrmann trat auf den zum Innenhof gehenden Balkon, sah seinen Gast in den Mercedes steigen und überlegte verwirrt, was Angelos Vater mit seinem letzten Satz wohl gemeint habe.

Concetta war neben ihren Mann getreten, legte den Arm um ihn und küsste ihn.

„'ans, ich bin stolz auf dich."

Der jedoch war nicht stolz auf sich. Er fühlte sich elend. Und er konnte sich nicht daran erinnern, Don Gennaro jemals um Hilfe gebeten zu haben.

13.

Am Abend ging Hans Herrmann zu seinem Freund Giuseppe.

„Professore! Himmel, was ist passiert?"

„Ich brauche drei Grappas."

„So schlimm ist es? Kommt, setzt Euch! Ich mache meinen Laden zu, es ist eh an der Zeit. Wir trinken die Grappaflasche leer, und Ihr erzählt mir, was geschehen ist, wenn Ihr wollt."

So geschah es. Die beiden Freunde saßen nebeneinander auf den Frisörstühlen, sahen sich in der Spiegelwand in die Augen, und Hermann berichtete von dem Besuch Don Gennaros und seiner Furcht, Imma könnte möglicherweise in eine Camorrafamilie einheiraten. Hätte er sich dagegen auflehnen sollen? Imma liebe wohl diesen jungen Mann, aber diese Familie, diese Familie. Was tun? Was nicht tun? Es gehe nicht um ihn. Er bilde sich ein, ohne seine beiden Frauen nicht einen Augenblick mit einem Nein gezögert zu haben. Aber was für ein Unsinn! Ohne Concetta und Imma wäre er gar nicht in diese Situation geraten. Was tun? Was hatte er getan?

Der Frisör seufzte mit, schwieg eine Weile, dann sagte er, es gebe da einen arabischen Vorfahr. Von dem stamme die folgende Geschichte. An den Namen des Vorfahrs erinnere er sich nicht mehr, nenne ihn der Einfachheit halber Achmed, aber an die unglaubliche Geschichte erinnere er sich genau. Wobei Giuseppe das Wort „unglaublich" ironisch hervorhob, als wolle er sagen: unglaublich vielleicht für einen säkularisierten Christenmenschen, für einen aufgeklärten Europäer, aber nicht unglaublich für einen Muslim.

„Mein Vorfahr, sagen wir, mein Großonkel, sprach von einem Deutschen, der vor vielen vielen Jahren den Orient bereiste und sein Freund wurde. Ich will ihn einmal Karl nennen."

„Um nicht Hans sagen zu müssen", unterbrach ihn der Professor und grinste.

Doch Giuseppe ließ sich nicht mehr abbringen von seiner Geschichte und erzählte weiter:

„An jenem Tag, an dem der Anfang vom Ende begann, waren sie am Rande des Basars unterwegs, als ein Straßenräuber am helllichten Tag auf eine alte Frau zustürzte und ihr ihre Tasche entreißen wollte. Die Überfallene wehrte sich mit allen Kräften, rief um Hilfe, wurde von dem Kerl zu Boden gerissen, verletzt – bis Karl vor dem Räuber auftauchte, teutonische Worte ausstieß und einzugreifen drohte. Überrascht von dem unerwarteten Angriff, denn alle Einheimischen in der Nähe hatten sich aus Vorsicht aufs Zuschauen beschränkt, ergriff der Übeltäter die Flucht. Wobei er Karl einen entsetzlichen Blick zuwarf, als wolle er sagen: Nimm dich fürderhin in Acht. Der Deutsche half der Frau auf die Beine, mein Großonkel trat dazu, nachdem er zuvor auch nur Zuschauer gewesen war, und beide begleiteten das Opfer des Überfalls zu dessen nahen Wohnung.

'Das war mutig und leichtsinnig zugleich', sagt mein Großonkel später zu seinem deutschen Freund. ‚Und wenn der Bandit ein Messer gezogen hätte oder eine Pistole?'

'Hätte ich tatenlos zusehen sollen?', antwortete Karl und verkniff sich wohl zu sagen, 'wie du und alle anderen.'

Mein Großonkel sah ihn an. 'Nun, auch das wird im Buch Allahs geschrieben stehen.'"

Ò Saracin machte eine kleine Pause, nippte am Grappa, während Herrman begann, über die islamische Schicksalsergebenheit zu philosophieren. Doch der Frisör unterbrach ihn und sagte, die eigentliche Geschichte fange erst an, auch wenn dieser erste Anfang, den er gerade zu Gehör gebracht habe, natürlich auch dazu gehöre. Und dann fuhr er fort:

„Am folgenden Tag kam ein Riese von Mann zu Karl. Es stellte sich heraus, dass es sich um den Sohn der überfallenen Alten handelte. Dieser Ali, ein Tagelöhner ohne jede Schulbildung, doch mit einem weiten Herzen, bedankte sich umständlich und weitschweifig für das Eingreifen Karls. Er sagte, wie mein Großonkel übersetzte, dass er, Ali, künftig den Deutschen beschützen werde, denn jener Räuber sei ein stadtbekannter brutaler Mensch, der sich sicherlich an Karl rächen wolle. Keiner der Einheimischen habe bisher gewagt, sich jenem Mann entgegenzustellen. Wann immer der Fremde aus Deutschland ausgehen wolle, solle er ihn, Ali, rufen. Er würde ihn dann begleiten. Karl fand das alles übertrieben, doch wollte er den guten Mann nicht vor den Kopf stoßen, dankte ihm und sagte zu, dass er ihn dann rufen lasse. So hatte der Deutsche in der folgenden Zeit einen Leibwächter, der ihm auf allen Wegen folgte.

Einige Wochen später hatte er einen dringenden Termin, doch Ali war nicht gleich zur Stelle, und so machte sich Karl, da er nicht weiter warten wollte oder konnte, allein auf den Weg durch die Stadt. Dabei lauerte ihm der Straßenräuber auf, warf ihn zu Boden und wollte ihm ein Messer ins Herz stoßen. Just in diesem Augenblick kam Ali herzugerannt, warf sich dazwischen und entwaffnete den Räuber. Der wurde der Polizei übergeben und einige Wochen später hingerichtet."

Herrmann schenkte Ò Saracin, der eine Pause machte, den Grappa nach.

„Das ist eine schöne erbauliche Geschichte..."

Aber der Frisör unterbrach ihn.

„Das ist doch erst der Anfang der Geschichte. Die eigentliche folgt erst. Nämlich so: Karl war nur leicht verletzt, doch ihm war klar, dass es beinahe um ihn geschehen gewesen wäre. Er hörte nicht auf, Ali für dessen Hilfe zu danken. Doch der wollte von Dank nichts wissen. Das sei er dem Deutschen doch schuldig gewesen, nachdem dieser so tapfer seiner Mutter geholfen habe. Doch Karl ließ in den folgenden Tagen nicht ab, dass er Ali handgreiflicher danken wolle und drang in ihn zu sagen, was er Ali Gutes tun könne. Am Ende gab dieser nach und führte Karl zu einer verrufenen Gasse und deutete auf ein Straßenmädchen, das dort ihrem Gewerbe nachging. Diese Suleika, oder wie immer sie geheißen habe, war seine große Liebe. Der Deutsche solle ihm helfen, dass er sie heiraten könne. Karl wollte Ali von seiner Absicht sanft abbringen, doch rate einer einem verliebten Narren. Weil sich Karl in der Schuld des guten Mannes fühlte, versprach er ihm schließlich seine Hilfe. Diese war einfach genug. Ali sollte Besitzer eines Krämerladens werden und seiner Angebeteten als Geschäftsinhaber ein besseres Leben bieten können. So kam es denn zu der ersehnten Eheschließung.

Nun war Karl ein intelligenter Mann, der sich trotzdem oder gerade deshalb allzu leicht von anderen und von sich selbst betrügen ließ. Da es in diesem Falle aber nicht um sein eigenes Lebensglück ging, sondern um das seines Freundes Ali, traf er, so darf man sagen, eine kluge Entscheidung. Ali war de facto der Eigentümer des Ladens, doch de jure war es Karl. Und sollte Karl vor Ali sterben, würde ein Notar zum Besten Alis die Sache in der Hand behalten. Gute Menschen wollen immer nur das Beste, was aber allzu oft der Weg zum Unglück ist...“

„...spricht der Philosoph Ò Saracin, oder sagte das noch Euer Großonkel?“, fragte Herrmann. „Aber eine schöne Geschichte mit einem schönen pädagogischen Schluss.

Wollen wir noch einen Grappa oder lieber einen Kaffee trinken?"

Die beiden entschieden sich für einen Kaffee; Herrmann trat aus dem Laden und rief zur Bar hinüber, man solle zwei Kaffee bringen.

„Die Geschichte ist noch nicht zu Ende", erklärte der Frisör.

„Tausend und eine Nacht ist nichts dagegen", spottete der Professor. Doch ließ sich Ò Saracin nicht aus der Ruhe bringen und fuhr fort:

„Die Entscheidung Karls war gerechtfertigt. Jene Suleika, oder wie sie heißen mochte, war ein Luder und hatte vom geschäftigen Leben einer Krämerin bald genug. Sie stachelte Ali an, den Laden zu verkaufen und mit dem Geld ein angenehmeres Leben zu beginnen. Ali musste ihr gestehen, dass er den Laden de jure nicht besaß. Seine Frau drängte ihn, dass er das Geschäft auf seinen Namen übertragen lassen solle, damit er frei darüber verfügen könne. Er sei doch kein unmündiges Kind mehr. Ali sträubte sich lange, aber wie fast immer entscheiden die Frauen in den kleinen Dingen des Lebens..."

„Sagt Ihr, Maestro, oder der Großonkel. Und was wären dann die großen Dinge des Lebens?"

„Oh, die großen Dinge des Lebens, über die die Ehemänner entscheiden dürfen, sind zum Beispiel: Wer wird neuer Ministerpräsident oder welches Land soll noch in die Europäische Wirtschaftsunion aufgenommen werden."

„Eine weise Einteilung", sagte der Professor, goss dem Frisör und sich einen weiteren Grappa ein und bat um die Fortsetzung der Geschichte.

„Ali ging also auf das Drängen seiner Frau zu Karl und legte ihm sein, oder besser ihr, Anliegen vor. Der Deutsche versuchte Ali den Wunsch auszureden, doch erklärte er sich schließlich bereit, Ali als Besitzer eintragen zu lassen. Kann man einen zu seinem Glück zwingen? Doch hatte Suleika, oder wie sie heißen mochte, in der Zwischenzeit wieder mit anderen Männern angebändelt. Ali erfuhr davon und drehte seinem Eheweib den Hals um. Der Arme wurde ein paar Wochen später hingerichtet."

„Du lieber Gott", rief Hermann, „Eure schöne Geschichte, geht ja richtig traurig aus…"

„Aber habt doch Geduld, Professore, das eigentliche Ende kommt doch erst", unterbrach ihn der Frisör.

„Karl war von diesem Ausgang zutiefst erschüttert. Er ging zu der alten Mutter Alis und ließ ihr den Krämerladen überschreiben, auf dass sie für ihr Lebensende ohne Sohn ein Auskommen haben möge. Der gute Karl! Zwei Tage später wurde die Alte überfahren und war tot. Doch hatte sie, wie später herauskam, am Tag zuvor den Laden verkauft und mit dem Erlös einen Halsabschneider gedungen. An ihrem Todestag fand man die Leiche Karls mit aufgeschlitzter Kehle."

„Nein, nein!", rief Hermann und sprang auf, ging ein paar Schritte durch den Raum, setzte sich dann wieder, während ihn der Frisör beobachtete.

„Und die Moral von der Geschicht' erzähle ich", sagte der Deutsche. „Hätte Karl damals Alis Mutter nicht gegen den Straßenräuber geholfen, wäre außer dem Raub nichts passiert. Ali hätte sein Straßenmädchen nicht geheiratet, hätte sie nicht erwürgt und wäre nicht hingerichtet worden. Und Alis Mutter hätte sich nicht am Urheber der Tragödie gerächt. Hätte Karl also einfach zuschauen sollen beim Überfall auf die Alte?"

Ò Saracin schwieg eine Weile. Dann hob er die Hände und meinte:

„Bin ich Allah? Was weiß ich? Kann sich nicht eine gute Tat als falsch herausstellen? Kann sich nicht eine schlechte Tat als richtig herausstellen? Dieser Karl handelte, wie er es für richtig hielt. Also war es in diesem Augenblick die richtige Tat. Professore, denken wir nicht zu viel nach! Trinken wir lieber noch einen Grappa. Im Übrigen: Wer weiß denn, ob der heutzutage von allen so ersehnte 'sanfte Tod' wirklich so erstrebenswert ist?"

14.

Herrmann saß am Schreibtisch und schrieb, als seine Tochter zu ihm ins Wohnzimmer trat.

„Nicht wieder ein wissenschaftlicher Aufsatz über Kant, hoffe ich." Sie umarmte ihren Vater und küsste ihn.

„Nein, nein", sagte er und versuchte, offensichtlich verlegen, das Blatt vor ihm mit den Armen zu verdecken.

„He, he", neckte ihn Imma. „Etwa etwas Pornographisches, das niemand sehen darf?"

Lachend versuchte sie, den Blätterstoß auf dem Schreibtisch an sich zu bringen. Er tat so, als dürfe sie das Manuskript nicht in die Hände bekommen, legte sich lachend mit der Brust darüber und wehrte sich scheinbar verzweifelt gegen den Ansturm seiner Tochter. Sie begann ihn zu kitzeln, bis er japste:

„Imma, halt ein, halt ein! Ich zeig's dir ja. Hör auf, hör auf!" Er drehte sich mit dem Bürosessel um und ließ Imma auf sein Bein sitzen.

„Nein, Imma, meinen obligatorischen Kant-Aufsatz habe ich für dieses Jahr schon geschrieben. Das hier ist nur eine...eine kleine Spielerei. Der Versuch einer Posse in nestroyscher Manier. Du weißt ja, wie ich das Werk dieses poetischen Irrwischs liebe, und..."

„Insofern Mann und Weib ein Leib sind, können auch beide zugleich reden", unterbracht sie ihn.

„Wie, Imma? Du hast dir dieses Nestroy-Zitat gemerkt?"

„Papa, du hast es schon so oft zitiert, wenn Mamma nicht aufhören konnte zu reden. Dann kommt dieses Nest-roy-Wort – und du schweigst. Du bist einfach kein Neapo-litaner."

„Nein, Imma, das bin ich ganz offensichtlich nicht und wer-de es wohl auch nie. Es muss ja nicht nur Neapolitaner in Neapel geben."

„Nein, Papa, das muss es nicht. Aber trotzdem könntest du auch gleichzeitig sprechen."

„Imma, wie dem auch sei, auf jeden Fall habe ich das Sujet der Posse schon lange in meinem Kopf gewälzt und nach der wiederholten Lektüre dieser sprachwitzigen Nest-roy-Stücke beschlossen, es in seiner Art zu versuchen."

„Aber, Papa, du bist doch nie witzig."

„Danke, Imma, dafür bist du es umso mehr. Auf jeden Fall habe ich eben versucht, eine leicht verrückte Posse mit Ge-sang..."

„Wie, Papa, da wird auch gesungen?"

„Imma, die Nestroy-Possen waren mit Gesang. Nestroy war ja ursprünglich Opernsänger, bevor er Schauspieler und Stückeschreiber wurde."

„Und also hast du auch Gesangstücke eingebaut in deine Posse. Na, dann sing mal!"

„Imma, das ganze ist nur ein Entwurf, eine Spielerei für mich."

„Papa, sing deinen Enwurf!"

„Imma, du weißt, dass ich nicht singen kann. Ich scheiter-te schon an deiner Wiege mit 'Weißt du wie viel Sternlein stehen?'"

„Tja, damals, Papa! Jetzt bist du älter. Vielleicht ist wenigstens deine Stimme gereift. Und wer einen Song schreibt, muss ihn auch vorsingen können", sagte Imma streng, zog sich einen Stuhl heran und setzte sich ihrem Vater gegenüber.

„Also, Papa, ich höre. Keine Widerrede! Sonst schlage ich an deinem Uni-Gebäude einen Anschlag an: Philosophieprofessor Hans Herrmann schreibt anrüchige Lieder..."

„Anrüchig? Wie kommst du denn darauf, Imma?"

„Was, nicht anrüchig? Schade! Dann gibt es aber erst recht keinen Grund dafür, nicht vorzusingen. Also?"

Herrmann ergab sich übertrieben laut seufzend seinem Schicksal, blätterte in dem Manuskript, zog ein Blatt hervor, strich sich über das nicht vorhandene Schnurrbärtchen, spitzte die Lippen und sang etwas holprig:

„Mein armer Hund, Hund, Hund,
ich werd' nimmer g'sund, g'sund, g'sund,
ohne mein Hund, Hund, Hund.
's ist auch zu bunt, bunt, bunt,
ohne den Hund, Hund, Hund...."

Imma unterbrach den Gesangsvortrag mit unbändigem Gelächter und wälzte sich auf dem Boden.

„Papa, das ist ja total bescheuert! Abgesehen davon, dass du immer noch nicht singen kannst: Das ist einfach idiotisch."

Er lachte mit.

„Überrascht dich denn das, Imma? Deine Mutter sagt doch immer: 'Wie kann einer so intelligent sein – und zugleich so dumm?"

Imma sprang auf, umarmte ihren Vater und küsste ihn.

„Papa, jetzt kokettierst du schon mit Mammas Spruch. Ich habe es doch nicht böse gemeint. Schau, schau nur!", sagte sie, sprang zum Bücherregal, griff ein Buch heraus und hielt es ihrem Vater vor die Augen. Es war Dostojewskijs „Der Idiot".

Herrmann sah seine Tochter erstaunt an.

„Die tausend Seiten hast du doch nicht etwas schon mit deinen 17 Jahren gelesen?"

„Nein, Papa, nicht alle. Aber der Titel hat mich verführt hineinzuschauen. Wenn ich es richtig verstanden habe, ist der Idiot darin gar kein richtiger Idiot."

„Und wenn ich dich richtig verstanden habe, liebe Imma, meinst du, dass ich auch kein richtiger Idiot bin. Da könntest du ja Recht haben", gluckste er, und dann lagen sich die beiden lachend in den Armen.

Imma trocknete sich die Tränen und sagte:

„Aber, Papa, diese Hundereimereien klingen wirklich verrückt."

„Ja, warum sollen wir nicht auch ein wenig verrückt spielen. In Nestroys Possen gibt es viele verrückte Reimereien. Aber eben auch ungeheure Poesie. Das hat schon Karl Kraus herausgestellt und...."

„Papa, langweil mich nicht mit deinem Wissen. Erzähl mir lieber das Wie und Was deiner Posse. Wer sing denn diese Hunde-Reime?"

„Thomas Mann."

Imma schaute ihren Vater ungläubig an.

„Der Schriftsteller Thomas Mann?"

„Ja, genau der. Als er Ende des 19. Jahrhunderts mit seinem Bruder Heinrich in Palestrina lebte, war er ganz vernarrt in einen kleinen Köter namens Titino. Das ist verbürgt."

„Und darüber hast du eine Posse geschrieben? Papa, ich glaub 's einfach nicht. Das ist ja...."

„Idiotisch. Aber das ist ja auch nur ein kleiner Aspekt meiner kleinen Posse."

„Und welchen Titel hat die Posse?"

„Auf der Suche nach dem verlorenen Hund."

„Auch noch Proust!"

„Na, ja", sagte er kleinlaut, „das klingt doch gut. Und meine kleine Posse handelt eben von einem Tag der Brüder Mann in Palestrina, von dem Tag, an dem dieser Hund Titino verschwindet. Das alles ist höherer Unsinn."

„Höherer? Und wer spielt noch mit in deinem Stück?"

„Na, Heinrich Mann, die Inhaberin der Pension, in der sie wohnen, und ihr Neffe."

„Und alle singen?"

„Jeder mal. Mal allein, mal im Duett, im Quartett."

„Singt der Hund auch? Aber nein, der ist ja verschwunden."

„Er taucht wieder auf, Imma, er taucht wieder auf. Aber er singt nicht. Er bellt nur."

Imma musste wieder lachen.

„Gut, Papa, jetzt musst du mir aber noch etwas vorsingen – oder vorbellen. Wie wär' es mit einem Quartett? Nein? Gut, dann ein Duett. Lass mal sehen! Wir singen zusammen", rief sie und wollte ihrem Vater den Blätterstoß aus der Hand nehmen. Doch der flüchtete damit zum Sofa, wo ihn Imma einholte. Sie balgten sich darauf. Die Blätter flatterten in die Luft und auf den Boden, als Concetta hereintrat.

„Santa Lucia! Was ist denn hier los?"

Imma setzte sich auf und erklärte:

„Mamma, Papa hat schon wieder einen Kant-Aufsatz geschrieben!"

15.

Angelo suchte den Professor in der Universität auf. Der von dem Besuch überraschte Herrmann saß an Aktenkram, wie er es nannte, und lud den jungen Mann ein, draußen in einer Bar einen Kaffee mit ihm zu trinken. Nach ein wenig Smalltalk schlug der Deutsche vor, in das benachbarte Kloster Santa Chiara zu gehen.

„Angelo, dort sind wird ungestört. Ich liebe diesen Kreuzgang mit dieser herrlichen Majolika in ihren Blau- und Gelbtönen. Und meist ist es dort so ruhig. Ab und zu ein paar Touristen, aber oft bin ich dort sogar ganz allein."

So gingen die beiden die wenigen Schritte hinüber. Herrmann hatte nicht nach dem Grund des unerwarteten Besuchs gefragt. Im Laufe der Jahre war es ihm zur Gewohnheit geworden, immer weniger zu fragen und selbst zu erzählen. Wenn der richtige Zeitpunkt gekommen sei, würde der Gesprächspartner schon selbst mit seinem Anliegen oder seinen Ängsten herausrücken. Während des kurzen Ganges fragte Angelo:

„Professore, könnt Ihr mir helfen, mein Schach zu verbessern? Ich will nicht immer von Imma beim Schach besiegt werden. Was mache ich da für eine schlechte Figur."

Herrmann lachte.

„Ich wusste gar nicht, dass ihr zusammen...Schach spielt. Natürlich, du kannst jederzeit zu mir kommen, und wir üben ein wenig. Oder soll Imma es nicht wissen?"

„Nein, nein, Professore, das kann sie ruhig mitbekommen."

Inzwischen waren die zwei beim Kloster angekommen, der Professor zahlte den Eintritt für beide, sie schritten einmal den Kreuzgang auf und ab und setzten sich auf eine der Majolikabänke.

„Ist es nicht einfach schön hier."

„Ja, Professore, das ist es. Und so ruhig und beschaulich und so friedlich. Aber draußen…"

Angelo beendete den Satz nicht, druckste etwas herum und sagte schließlich:

„Professore, ich liebe Imma wirklich. Sie ist so anders als meine anderen Kusinen und die Mädchen, die ich so kenne. Und natürlich ist sie sehr hübsch."

„Ja, Angelo, das ist sie. Das hat sie von ihrer Mutter, ganz offensichtlich. Von meinen Genen höchstens die roten Haare. Mein Vater hatte auch welche."

„Ach, Professore, am liebsten würde ich mit ihr ganz weit weg gehen, nach Kanada oder Australien oder sogar nach Deutschland. Nur weit weg von hier….Aber ich kann nicht, ich darf nicht, es ist unmöglich. Und ich möchte auch nicht Jura studieren. Ich würde gern Mathematik studieren. Ich liebe Zahlen. Ich bin der beste in Mathematik, ohne dass ich groß einen Finger rühre. Die Lösungen fliegen mir einfach zu, die mathematischen. Aber die Quadratur des Kreises ist nicht möglich. Meines Familienkreises. Ich muss hier bleiben und Jura studieren. Das ist schon ein Geschenk meines Vaters, dass ich überhaupt studieren darf. Und gegenüber meinen Brüdern ist das wie der bunte Rock Josephs. Doch meine Brüder kommen gar nicht auf die Idee, das als eine Bevorzugung anzusehen. Sie beneiden mich nicht darum. Für sie wäre es eine Strafe gewesen, hätten sie studieren müssen. Nicht weil sie dumm oder faul sind, nein, einfach…. Oh, Professore, warum bin ich nicht als Sohn einer armen italienischen Migrantenfamilie in Deutschland geboren?

„Dann würden wir jetzt Deutsch miteinander reden können", meinte Herrmann. Der Kalauer war ihm dann etwas peinlich. Er schwieg eine Weile und sagte dann:

„Angelo, besser Schach zu spielen, dazu kann ich sicher

helfen. Ich könnte Dir sogar helfen, Deutsch zu lernen, wenn Du willst. Aber darum geht es ja gar nicht. Ich weiß. Aber ich weiß nicht, wie ich Dir helfen kann. Du bist..."

„Der Sohn eines Camorra-Bosses", rief Angelo. Er war aufgesprungen, erstarrte aber mitten im Sprung, stand vor Herrmann, und der glaubte zu sehen, wie sich der junge Mann auf die Zunge biss.

„Professore, vergesst, was ich gerade gesagt habe! Mein Vater sieht das schon richtig. Für ein Jurastudium reicht es gerade noch."

Angelo setzte sich wieder, dann brach er in Tränen aus. Herrmann umarmte ihn schweigend. Der Junge beruhigte sich nach und nach und putzte sich die Nase.

„Angelo, du bist sehr tapfer."

„Professore, aber ich würde gerne mutig sein."

Du lieber Gott, dachte der Deutsche, da könnte man nun ein ganzes Seminar über die Gegenüberstellung von Mut und Tapferkeit machen und wüsste sicher intelligent darüber zu referieren. Aber dem armen Angelo weiß ich so gar nicht zu helfen. Er schwieg beschämt und traurig.

Unvermittelt stand Angelo auf und verabschiedete sich.

„Professore, vergesst, was ich Euch gesagt habe! Es ist besser so. Aber vergesst nicht: Ich liebe Eure Tochter. Und ich komme zum Schachspielen."

Und Angelo eilte davon. Zum Schachspielen kam es dann aber doch nicht.

16.

Der Tag der Katastrophe war der 26. April 1986. Eine radioaktive Rauchfahne breitete sich an jenem Samstag über dem Atomkraftwerk von Tschernobyl aus und eine schwarze Rauchfahne in einem Niemandsland zwischen zwei Kommunen am Fuße des Vesuv.

Concetta telefonierte gegen Mitternacht mit ihrer Kusine Stefania, weil Imma noch nicht nach Hause zurückgekehrt war. Angelo hatte seine Verlobte am Vormittag mit dem Auto zu einem Ausflug an die Amalfiküste abgeholt. Imma sagte Concetta, dass sie vielleicht bei Angelo zu Hause zu Abend essen und dann zurückgebracht werde. Aber bei Stefania waren die beiden jungen Leute nicht aufgetaucht. Sie habe angenommen, dass die beiden es sich anders überlegt und ihr Sohn Imma schon längst wieder nach Hause gebracht habe. Vielleicht seien die beiden aber noch in einer Disko. Herrmann, der an einer Schachaufgabe getüftelt hatte, während seine Frau zeitweilig vor dem Fernsehapparat döste, meinte schließlich:

„Hoffentlich ist nichts passiert. Eine Autopanne vielleicht? Oder ein Unfall? Vielleicht sollten wir bei der Polizei nachfragen?"

„'ans! Wir sind nicht in Deutschland, wo man gleich die Polizei ruft. Aber wenn ein Unfall…da hätte Imma oder Angelo sicher angerufen. Vielleicht sind sie wirklich in einer Disko."

Die Ruhe war dahin, die Stunden verrannen. Gegen drei Uhr in der Frühe klingelte das Telefon. Concetta war neben ihm eingenickt, schrak jetzt hoch und nahm ab.

„Pronto. Ja, Stefania? Haben sie sich gemeldet? Nein? Wie? Seid ihr sicher? Nein, nein!"

Der Aufschrei seiner Frau schreckte den auf der Couch eingeschlafenen Herrmann auf. Concetta saß in Tränen aufgelöst da, hielt zitternd den Hörer in der Hand und reagierte zunächst nicht auf die Fragen ihres Mannes. Er hatte ihr den Hörer aus der Hand genommen, doch war am anderen Ende niemand mehr am Apparat. Erst nach und nach kam Concetta zu sich, und stammelnd berichtete sie, dass es in der Nähe außerhalb des Vesuvortes, wo Ferros Villa stand, offenbar am Abend zu einem Unfall gekommen sei, bei der ein Auto ausbrannte. Es sei aber noch nicht klar, ob es sich um Angelos Wagen handle.

Es war Angelos Auto, wie sich im Laufe des Sonntags herausstellte. In dem Wagen fand man die völlig verkohlten Leichen zweier Menschen. Alles deutete darauf hin, dass es sich um die Körper der beiden Vermissten handelte. Concetta brach zusammen und war wie von Sinnen. Eine Wohnungsnachbarin kümmerte sich um sie, während Herrmann zur Polizei ging. Dort wusste man zunächst gar nichts. Der Professor gab die Mitteilung aus dem Hause Ferro wieder, dass es sich wohl um das Auto des Sohnes Angelo handle. Und der Deutsche erzählte von dem Ausflug seiner Tochter mit ihrem Verlobten.

Am Tag danach, Concetta war noch immer nicht richtig ansprechbar, suchte ein Polizeikommissar die Wohnung Herrmanns auf.
„Professore, die Leichen sind noch nicht identifiziert. War ihre Tochter in zahnärztlicher Behandlung? Ja, dann geben Sie mir bitte die Adresse des Zahnarztes. Vielleicht kann an Hand des Gebisses festgestellt werden, ob es sich um Ihre Tochter handelt oder nicht. Nein, Professore, ich würde Ihnen abraten, die Leiche anzuschauen. Die beiden Körper sind verkohlt. Abgesehen davon, dass es ein schrecklicher

Anblick ist, könnten Sie auch nichts mehr identifizieren. Allerdings hat der Gerichtsmediziner gesagt, dass es sich um zwei junge Leute beiderlei Geschlechts handle. Angenommen, dass es sich wirklich um Angelo Ferro handelt...", der Commissario zögerte und fuhr fort, „....können Sie mir dann sagen, was die Tochter eines deutschen Professors im Wagen des Sohnes von Don Gennaro zu suchen hatte?" Herrmann musste drei Mal schlucken, bevor er die Familienzusammenhänge erläuterte, die Verwandtschaftsbeziehung zwischen seiner Frau und Stefania. Der Commissario sah den Deutschen fragend an. Der quälte sich mit den nächsten Worten. Nein, er habe nicht gewusst, dass er in eine Camorra-Familie oder vielmehr in den Randbereich einer solchen geheiratet habe. Erst nach und nach habe er den Verdacht bekommen, aber das ganze nicht wahrhaben wollen, verdrängt. Ob ihm der Commissario glaube oder nicht, er sei an der Orientale-Universität seiner Arbeit nachgegangen, sei auch nie, wie sage man, um Gefälligkeiten gebeten worden.

Er wusste nicht, ob ihm der Kriminalkommissar Glauben schenkte oder nicht. Aber was zählte das schon.

„Professore, ich versuche im Augenblick nur, den Tod zweier Personen aufzuklären. Nicht mehr und nicht weniger. Alles spricht dafür, dass es sich nicht um einen Unfall handelte, sondern um ein Verbrechen. Und wenn der Sohn eines Camorra-Bosses ermordet wird, hatte dabei die Konkurrenz die Hand im Spiel. Und das bedeutet Camorra-Krieg."

„Commissario, zwei Tote sind schon zu viele, schrecklich genug."

„Professore, wem sagen Sie das?"

„Was kann ich tun, Commissario?"

„Nichts können Sie tun, Professore. Nichts. Vielleicht beten.

17.

Es gab zwei Beerdigungen, nachdem die Gerichtsmediziner die Identität der beiden Opfer festgestellt hatten und
die Leichen freigegeben worden waren. In der regionalen
Presse war der Mordanschlag auf die beiden jungen Leute
anfangs ein großes Thema, doch dann wurde die familiä-
re von der nuklearen Katastrophe von den Titelseiten verdrängt. Tschernobyl beherrschte die Medien.

Das Ehepaar nahm zunächst an der Trauerfeier für Angelo
und an dessen Beerdigung in der Vesuvkommune teil. Es
schien Herrmann, als ob die ganze Gemeinde auf den Füßen war. Die Kirche war überfüllt, und als dann der Toten-
wagen mit vier schwarzen Pferden davor durch die Straße
rollte, drängten sich die Menschen auf den Bürgersteigen.
Ò Saracin machte ihm später klar, dass es niemand gewagt
hätte, dem toten Sohn von Don Gennaro nicht die letzte
Ehre zu erweisen.
Herrmann hatte zunächst gezögert, an der Beerdigung Angelos teilzunehmen. Er war, auch wenn es äußerlich nicht
so wahrnehmbar war wie bei seiner Frau, am Boden zer-
stört, doch zwang er sich in diesen Tagen, aufrecht seiner
Frau zur Seite zu stehen. Innerlich beugten ihn Schuldvor-
würfe, die er sich selber machte. Hätte er der Verlobung
seiner Tochter mit Angelo nicht mit Widerstand begegnen
müssen? Nein, nicht der Verlobung mit Angelo, der Verlobung mit dem Sohn eines Camorra-Bosses. Aber hatte er,
Herrmann, nicht schon vor Jahren die Augen verschlossen
vor dem, was er da ahnte? Hätte er nicht mit Concetta offen darüber reden müssen? Hätte...hätte? Letztlich hatte er
auch das Schweigen, die Omertà, über dieses Mafiawesen

eingehalten.

Herrmann ließ seiner Frau gegenüber durchblicken, dass er eigentlich lieber zu Hause bleiben würde. Es müsse ja auch die Beerdigung Immas, die am folgenden Tag stattfände, vorbereitet werden. Da war Concetta plötzlich hellwach aus ihrer Benommenheit nach dem schrecklichen Vorfall aufgesprungen und hatte geschrieen:

„'ans, du spinnst wohl! Du musst mitkommen! Ich dachte, du mochtest Angelo."

„Concetta, ich mochte ihn. Darum geht es nicht..."

„'ans, du musst! Dein Fernbleiben wäre ein Affront gegen Don Gennaro und die ganze Familie. Du musst. Alle werden morgen bei der Trauerfeier für Imma hier zum Largo Ecce Homo kommen. Und wer weiß, ob wir nicht noch einmal die Hilfe von Don Gennaros brauchen werden..."

„Concetta, ich pfeife auf die Hilfe Don Gennaros. Gäbe es ihn nicht, gäbe es noch Imma."

„'ans, du hast ja keine Ahnung!"

Concetta wollte gerade anheben zur Aufklärung ihres tumben deutschen Ehemanns, aber da klingelte es an der Tür. Weitere Nachbarn kamen, um zu kondolieren.

18.

In der Küche stapelten sich Kaffee- und Zuckerpackungen. Herrmann wusste zwar um diese neapolitanische Tradition, bei Kondolenzbesuchen den Hinterbliebenen Kaffee und Zucker mitzubringen. Er hatte es erstmals beim Tod seines Schwiegervaters erlebt. Concetta klärte ihn damals auf, dass das doch ein sehr vernünftiger Brauch sei, denn den unzähligen Personen, die ihr Beileid aussprachen, musste doch ein Kaffee angeboten werden. Jetzt also war ihre Küche voll damit. Der Bestand an Kaffee und Zucker würde Jahre reichen.

Die Trauerfeier für Immacolata in der kleinen Kirche am Largo Ecce Homo und der einfache Holzsarg hatten nichts von dem pompösen Aufwand des Vortags. Zwar war die Kirche mit den Verwandten und vielen Trauernden und Neugierigen aus dem Quartier sowie Schulfreundinnen Immas auch vollbesetzt. Aber alles war schlicht. Das zumindest hatte Herrmann durchgesetzt. Der junge Pfarrer fand liebevolle Worte für die Tote, die sich in der Gemeindearbeit eingesetzt hatte.

Nach der Trauerfeier fühlte sich Herrmann von halb Neapel umarmt. Auch Don Gennaro nahm ihn in den Arm und flüsterte dem Deutschen ins Ohr:

„Professore, keine Angst! Das wird ein Nachspiel haben. Dafür werde ich sorgen. Der Tod unserer Kinder bleibt nicht ungerächt. Keine Angst!"

Herrmann spürte, dass ihm übel wurde. Übel vor Angst. Angst gerade davor. Aber da hatte er schon die weinende Stefania am Hals, dann ihre Söhne, dann Onkel und Tanten und Neffen und Nichten.

Spät am Abend ging das Ehepaar zu Bett. Stumm lagen sich die beiden in den Armen. Concetta weinte sich in den Schlaf, aber den konnte ihr Mann lange nicht finden. Er fand auch nicht zu Tränen, haderte wieder mit sich, gab sich die Schuld, dass alles so weit hatte kommen können, und irgendwann kamen ihm doch die Tränen, als er auf das Foto von Imma blickte, das neben ihm auf dem Nachttisch lag. Und da erinnerte er sich an den Alptraum, den ihm damals seine Tochter erzählt hatte. Schluchzend brach es aus ihm heraus:

„Warum habt ihr nicht mich verbrannt? Verbrennt mich! Verbrennt mich!"

Er stand auf, zog sich den Morgenmantel über, trat auf die Terrasse, blickte auf den Golf von Neapel, der so friedlich in der Nacht dalag. Er war böse mit sich selbst. Er hatte Jahre Zeit gehabt, Mut zu beweisen. Wie eitel waren seine Klagen und seine Todesbereitschaft. Es würde schwer sein, künftig in den Spiegel zu schauen.

19.

Herrmann ging wie immer zum Rasieren, bestellte auf dem Weg in der Bar zwei Kaffee und trat in den Frisörladen. An diesem Tag, einige Wochen nach dem Tod Immas und Angelos, erwartete ihn der Frisör stehenden Fußes, die neue Ausgabe der Zeitung „Il Messaggero" vor sich. Der Deutsche stutzte.

„Buon giorno, Maestro. Was gibt es denn so Ungewöhnliches?"

„Buon giorno, Professore. Aber ob es ein guter Tag ist?"

„Maestro, spannt mich nicht unnötig auf die Folter. Was ist mit Maradona geschehen?"

Bevor der Frisör antworten konnte, wurden sie von dem Jungen unterbrochen, der den Kaffee brachte. Herrmann wappnete sich mit Geduld, ahnte jedoch, dass seine flapsige Frage den neapolitanischen Fußballgott betreffend am Ziel vorbei ging. Der Professor setzte sich, der Frisör setzte sich, und die beiden führten ihre Espressotasse an die Lippen. Dann tranken sie einen Schluck Wasser. Der Deutsche merkte, dass Giuseppe bedrückt war.

„Schlechte Nachrichten für Euch, lieber Freund?"

„Schlechte Nachrichten für Euch, lieber Freund!".

„Wie?"

Giuseppe reichte ihm die Tageszeitung. Auf der Titelseite stand in großen Lettern:

„Camorra-Krieg geht weiter: Drei Familienmitglieder des Clans von Don Luigi hingerichtet".

Hans Herrmann las nicht weiter und fragte, obwohl er die Antwort wusste:

„Das bedeutet?"

„Das bedeutet wohl, dass Eure Tochter und ihr Verlobter gerächt wurden."

„Sprecht nicht weiter! Das bedeutet, dass das Morden weitergehen wird."

„Ja, nun wird die andere Seite wieder zuschlagen. Es wird neue Anschläge geben."

„Jetzt verstehe ich, warum Ihr so bedrückt seid. Ihr fürchtet um mein Leben. Aber was hat der dumme deutsche Dozent damit zu tun?"

Der Frisör antwortete nicht und machte sich daran, das Gesicht des Professors einzuseifen. Eine Antwort war nicht nötig. Auch Herrmann war klar, dass er durch seine Heirat mit Concetta mit zur Familie gehörte.

„Ist das alles unausweichlich, Maestro?", fragte er, nachdem der Frisör die Rasur beendet hatte. „Soll ich mich etwa verstecken? Gar in Deutschland?"

„Lieber Freund, wenn sie Euch finden wollen, werden sie Euch finden, ob in Neapel oder in Berlin. Und wenn Ihr Euch lang versteckt, dann warten sie eben lang. Aber es kann auch sein, dass Ihr, Professore, für sie ein zu kleiner Fisch seid. Jetzt sind die Hechte dran, das Pendel schwingt immer höher."

„Mit anderen Worten, lieber Freund, mit meiner Ermordung würde die ehrenwerte Gesellschaft zu wenig Ehre einlegen."

„Wer weiß?", sagte der Frisör. Die zwei Männer sahen sich gegenseitig in der Spiegelwand vor ihnen an.

„Aber im Buche Allahs steht es geschrieben", murmelte der Deutsche.

„Das ist nicht fair. Das ist meine Zeile", sagte Ò Saracin mit gedämpfter Stimme.

Herrmann atmete tief durch.

„Ich glaube, ich kann einen Grappa vertragen, bevor ich Concetta wieder gegenüberstehe."

Auf dem Gang nach Hause, den er durch einen Umweg an der Universität vorbei verlängerte, weil er noch nicht bereit war, seiner Frau gegenüberzutreten, kam ihm in den Sinn, dass er vorhin das Wort „Allah" gebraucht hatte. Er erinnerte sich an eine kurze Passage in dem Buch „Die sieben Säulen der Weisheit" von T.E. Lawrence, in dem der Autor beklagte, dass mit dem Wort „god" der Schöpfer den „kürzesten und unschönsten Einsilber" der englischen Sprache erhalten habe. Was hätte da Lawrence von Arabien erst zu dem deutschen „Gott" gesagt, sinnierte er und sprach halblaut vor sich hin das Wort „Allah". Was für ein arabischer Wohlklang!

Als er in die Wohnung trat, stürzte seine Frau auf ihn zu.

„'ans, hilf mir beim Kofferpacken!"

Er sah sie entgeistert an, begriff aber, dass sie die neue Sachlage kannte. Vermutlich hatte ihre Kusine Stefania angerufen.

„Du willst verreisen?"

„Wir müssen an einen sicheren Ort."

„Und der wäre?"

„Die Villa von Don Gennaro. Stefanie sagte, ..."

„Concetta, halt ein!", rief er und hielt sie an beiden Armen fest. „Was soll das?"

„Sie werden zurückschlagen. Wir sind hier nicht sicher."

„Wenn ich es richtig verstanden habe, sind wir nirgendwo mehr sicher. Wir müssen miteinander reden."

„Reden? Wir haben jetzt keine Zeit zum Reden. Wir müssen Koffer packen."

„Wir hätten schon vor langer Zeit reden müssen. Du hättest schon vor langer Zeit reden müssen. Ich hatte dir damals, als wir uns verlobten, alles von mir und meiner Familie erzählt. Aber du hast kein Wort erzählt, dass ich in eine Camorra-Familie einheirate."

„Mein Vater hat nie etwas mit der ..., damit zu tun gehabt. Er war Pizzabäcker und hat sein Leben lang hart und ehrenwert gearbeitet."

„Und deine Mutter? Die Schwester von Don Gennaros Vater? Und woher hatte dein Vater das Geld, eine Pizzeria aufzumachen? Du hast doch immer erzählt, er wäre ein armer Hund gewesen..."

„Er war ein armer Hund – und hat sich helfen lassen. Und du warst auch ein armer Hund – und hast dir helfen lassen."

Herrmann riss die Augen weit auf und starrte seine Frau mit großen Augen an.

„Was soll das denn nun wieder heißen?"

„Warum ist wohl der junge Deutsche so schnell und ohne jede Beziehung Dozent an der Universität geworden? Warum haben wir für so einen günstigen Preis wohl diese große Wohnung erhalten? Warum ist der Deutsche so schnell und ohne jede Beziehungen Professor und Ordinarius geworden?"

Herrmann musste sich setzen. Ihm war schwindlig. Seine Frau baute sich vor ihm auf, stemmte beide Fäuste in die Hüften und schrie:

„Du hältst dich wohl für etwas Besseres als die armen Neapolitaner. Und dabei hast du von allem mit profitiert. Und jetzt heulst du auch noch. Und du willst ein Mann sein!"
Ihm waren wirklich Tränen in die Augen getreten.
„Warum hast du mir nie etwas gesagt? Warum?"
„Weil ich dich liebte und geheiratet werden wollte. Hättest du denn eine mit dieser Verwandtschaft geheiratet?"
Herrmann schwieg, aber nur einen Augenblick.
„Ja, ich hätte dich geheiratet. Ich habe dich geliebt und liebe dich. Aber ich hätte mir nicht meine Stellung kaufen oder erpressen lassen."
„'ans, auch ich liebe dich. Lass uns über alles reden, aber nicht jetzt, nicht hier. Wir müssen uns in Sicherheit bringen. Sie haben..."
„Ich weiß, dass sie gemordet haben. Giuseppe hat mir die Schlagzeile im 'Messaggero' gezeigt."
„Sie haben den Tod unserer Tochter gerächt und den Angelos. Sollten sie die Mörder einfach laufen lassen? Jetzt ist nicht die Zeit zum Diskutieren. Komm! Hilf mir!"
„Nein, nein! Ich bleibe hier."
„Du bist verrückt. Sie können jederzeit zurückschlagen."
„Concetta, willst du wirklich den Rest deines Lebens versteckt vegetieren? Hinter Mauern leben?"
Concetta sah ihren Mann an, ließ ihre Arme sinken.
„Du meinst wohl, dir tun sie nichts. Vielleicht hast du Recht. Richtig zur Familie hast du nie gehört. Du bist mit deinen Büchern verheiratet, mit diesem Kant oder wie er heißt, mit Volkswagen, Telefunken...."
„Nein, ich bin mit dir verheiratet, und ich habe mit dir eine Tochter gehabt, und ich bin bereit mit dir zu sterben, aber nicht mich hinter Mauern zu verstecken, um irgendwann zu krepieren. Was wäre das für ein Leben?"
„Das wäre zumindest - leben."

„Ich bleibe hier."
„Ich gehe."
Er half Concetta beim Kofferpacken, bestellte ein Taxi und half die Koffer nach unten bringen. Die Nachbarn schauten aus den Fenstern, als das Taxi mit Concetta abfuhr. Herrmann hatte sie beim Einsteigen noch „Wie kann einer so intelligent..." murmeln gehört. Einsam fühlte sich Herrmann, obwohl der Largo Ecce Homo an diesem Vormittag wie immer voller Leute war. Er kehrte ihnen den Rücken und stieg eine Treppe nach der anderen suchend die vier Stockwerke hoch.

20.

Herrmann saß auf der Couch, wo er sich so oft und gern mit Imma gebalgt hatte, er saß da und tat nichts, nicht einmal denken. Jetzt war er allein in der Wohnung. Irgendwann war er eingedöst, denn er schreckte plötzlich auf. Aber nichts war geschehen. Nur die Standuhr tickte.
Wenige Minuten später stand er zum zweiten Mal an diesem Tag im Frisörladen, in dem Ò Saracin in einem der Stühle döste. Herrmann setzte sich in den freien Stuhl. Der Frisör blickte auf und lächelte scheu.
„Wie wär 's mit einem Kaffee?"
„Nein, lieber einen Grappa."
Der Frisör schaute ihn still an. Einen Grappa an hellichtem Tag hatte er mit dem Professore erst einmal getrunken.
„Meine Frau hat mich vorhin verlassen. Sie bringt sich bei ihren Verwandten in Sicherheit, wie sie sagt."
Ò Saracin holte aus einem Schrank die Grappaflasche und

zwei Gläser, schenkte ein, setzte sich wieder, und die zwei Männer nippten an dem Schnaps. Dann erzählte der Professor stockend, was ihm Concetta eröffnet hatte. Und warum er hiergeblieben sei.

„Bei Allah, was für eine traurige Geschichte! Aber, lieber Freund, wie ich schon sagte, ich weiß natürlich nicht, ob sie direkt bedroht sind oder nicht. Da gibt es nähere Verwandte. Doch wer kann wissen, wie die andere Seite reagiert. Wenn Ihr nach Deutschland flüchten würdet, wäre das keine Garantie. Die Camorra, die Mafia, die 'Ndranghetta, die alle haben einen langen Atem und vergessen nie. Und gemordet wird auch jenseits der Alpen."

„Mit anderen Worten: Sicher werde ich nie mehr sein."

„Wer ist schon sicher? Da bewahrheitet sich das alte Wort: Auf Leben steht Todesstrafe."

„Ich weiß, ich weiß. Es bleibt einem letztlich nichts, als trotz allem die Faxen des ganzen Seins hinieden zu erkennen und sich daran zu ergötzen, um aus einem Capriccio von E.T.A. Hoffman zu zitieren."

„Professore, ich kenne diesen Herrn Hoffmann nicht, aber vielleicht hätte er neben dem Erkennen und Ergötzen noch das Erschrecken nennen sollen."

„Maestro, Ihr seid einfach der bessere Philosoph. Wollen wir nicht die Berufe tauschen?"

„Professore, selbst wenn ich, ein Frisör, Philosoph sein sollte, wie Ihr mir das freundlich zuschreibt, können wir doch nicht tauschen: Erstens sind sie Professor der Philosophie, und Professor werde ich in diesem Leben nicht mehr."

„Und zweitens?"

„Es wäre vermutlich lebensgefährlich, mich von Euch rasieren zu lassen."

Herrmann lachte und sagte: „Furbo!"

Sie tranken noch einen Grappa, dann ging er zurück zum

Largo Ecce Homo, mühte sich die vier Stockwerke hoch und stand in der Wohnung. Was blieb ihm zu tun? Er braute sich einen Kaffee, ging mit dem Tässchen in der Hand auf die Terrasse und schaute hinunter auf die Treppengasse tief unten. Da hinunterspringen, das wäre doch eine Möglichkeit. Aber nein, das arme Huhn würde sich zu Tode erschrecken, dachte er. Und dann war da der wundervolle, im Sonnenlicht glitzernde Golf mit Capri im Dunst. Das war kein deutscher Wald, aber verlockte zum Weiterleben. Auch war ja da die edle Vielfalt und die laute Größe Neapels. Nein, nein, er würde morgen in den Universitätshörsaal gehen und seine Kant-Vorlesung fortführen. Und er würde weiter lehren bis zur Pensionierung oder bis zu seinem Tode. Wenn wir nicht gerade im Meer ersaufen und von den Fischen gefressen werden, landen wir ja alle auf dem Friedhof, dachte er.

Da kam ihm auf einmal ein Satz des Frisörs in den Sinn, der neulich das Erstreben eines „sanften Todes" in Frage stellte. Herrmann hatte damals nicht weiter darüber nachgedacht, fing jetzt aber über die Bedeutung des Wortes zu grübeln an. Irgendwie schien ihm das Stichwort aus einem anderen Zusammenhang bekannt zu sein. Also stöberte er in seinem Quadratmeter großen Zettelkasten und wurde tatsächlich fündig. Vor vielen Jahren hatte er aus den „Religiösen Reden" Kierkegaards ein Zitat notiert. In der Rede „An einem Grabe" hieß es dort in der von ihm geschätzten Übersetzung Theodor Haeckers: „....; und wenn man einen sanften Tod fände, was eine ernste Zeit als das größte Unglück betrachtete, weshalb auch das alte Gebet davon spricht, was aber eine neuere Zeit für das größte Glück ansieht -, so wäre einem ja geholfen."

Herrmann suchte nach dem Buch, um nachzulesen, in welchem Zusammenhang dieser Satz stehe, fand aber den

Kierkegaard-Band nicht. Sicher war er, dass er das Buch nicht an Ò Saracin ausgeliehen hatte. Erstens war der nicht der deutschen Sprache mächtig, und zweitens war er ein halber Analphabet, der sich meist mit der Lektüre der Sportzeitung begnügte. Oder war der Frisör vielleicht doch gelehrter als er, der Professor, dachte? Und über diese Reflexion vergaß Herrmann ganz das Nachdenken darüber, warum heutzutage alle von einem sanften Tod schwärmen.

Dann aber riss er sich innerlich zusammen, nahm den am Tag zuvor auf seinen Schreibtisch gelegten Kant-Band zur Hand und las noch einmal jenen philosophischen Entwurf, dessen Anfang er auswendig und dessen Inhalt er inwendig kannte.

„Zum ewigen Frieden. Ob diese satirische Überschrift auf dem Schilde jenes holländischen Gastwirts, worauf ein Kirchhof gemalt war,..."

Aber Herrmann merkte bald, dass er bei seinem Studium nicht bei der Sache war. Unwillig schob er das Buch zur Seite und brütete vor sich hin. Schließlich griff er aus einer Schublade einen Packen Manuskriptblätter heraus, blätterte darin und summte vor sich hin:

> „Mein armer Hund, Hund, Hund,
> ich werd' nimmer g'sund, g'sund, g'sund, ..."

Ende

Anhang

Die folgende Posse wurde im Nachlass Hans Herrmanns gefunden. Ob es sich um einen Entwurf oder um eine Endfassung handelt, wird wohl nie geklärt werden können.

Das Deckblatt des Posse-Manuskripts ziert die Kopie eines aus der Zeit um 1900 stammenden Fotos, das den stehenden Heinrich Mann und den vor ihm sitzenden Thomas Mann zeigt. Auf den Schoß des letzteren ist collagemäßig das Bild eines kleinen Hundes geklebt, der in die Richtung des Fotografen schaut.

Auf der Suche nach dem verlorenen Hund
oder
Ein Tag der Brüder Mann in Palestrina

Posse mit Gesang in zwei Akten

Motto: Einen Jux will er sich machen.
(Nestroy)

Personen:

Heinrich Mann, Schriftsteller
Thomas Mann, angehender Schriftsteller
Signora Anna, verwitwete Pensionsinhaberin
Gennaro, ihr junger Neffe
Titino, ein Hund

Zeit: Ende des 19. Jahrhunderts

Ort: Pension Anna in Palestrina bei Rom

Pause zwischen den zwei Akten

Hinweis

Die Existenz des Hundes Titino in Palestrina ist verbürgt, ebenso der Aufenthalt
der Brüder Mann in dem italienischen Ort.

Erster Akt

1. Szene

(Küche der Pension mit großem Tisch in der Mitte; Anna hantiert vor sich hinträllernd am Herd)

THOMAS (hinter der Bühne): Titino! Titino!

ANNA (hebt die Hände zum Himmel)

THOMAS (hinter der Bühne): Titino! Titino!

ANNA (will erneut die Hände zum Himmel erheben, lässt es aber; Auftritt Gennaro)

ANNA: Gennaro, da bist du ja endlich.

GENNARO: Tante Anna, was heißt hier endlich? So früh war ich noch nie auf den Beinen. Aber beim Geschrei dieses Deutschen...

THOMAS (hinter der Bühne): Titino!Titino!

GENNARO: ...soll einer schlafen.

ANNA: Du sollst nicht schlafen, Gennaro, du sollst Signor Tomaso helfen.

GENNARO: Helfen zu schreien?

ANNA: Dummkopf! Du sollst ihm helfen, Titino zu suchen.

GENNARO: Ich bin doch nicht verrückt: einem zugelaufenen entlaufenen Straßenköter nachzulaufen.

ANNA: Du sollst Signor Tomaso helfen, seinen verlorenen Hund zu suchen.

THOMAS (hinter der Bühne, wie aus größerer Entfernung): Titino! Titino!

GENNARO: Titino, Titino. Ein zugelaufener Köter ist weggelaufen. Und dieser Signor Tomaso schnappt über. Das ist Deutsch. Erst schleppt er den Köter ins Haus, wer weiß mit wie vielen Flöhen...

ANNA: Unsinn! Signor Tomaso hat ihn entlausen und vom Tierarzt überprüfen lassen.

GENNARO: Ein Hund müsste man sein.

ANNA: Warum? Musst du auch zum Tierarzt?

GENNARO: Meine geistreiche Tante! Titino hin, Titino her. Seitdem der Hund im Haus ist, hat dieser Deutsche keinen Blick mehr für mich. Nicht dass er sich vorher um mich gekümmert hätte, aber immer wenn ich ihn nicht anschaute, schaute er mich an. Ich spürte seine Blicke in meinem Rücken.

ANNA: Was redest du für dummes Zeug, Gennaro. Er ist etwas schüchtern — ganz anders als sein großer Bruder. Aber Signor Tomaso schätzt dich. Man muss Geduld mit ihm haben. Er ist ein Poet.

GENNARO: Schüchtern? Er liebt keine Menschen, er liebt Hunde. Das ist Deutsch.

ANNA: Gennaro, du bist unmöglich. Aber was kann man auch von einem neapolitanischen Spitzbuben erwarten? Warum musste meine Schwester nur einen Neapolitaner heiraten! Du trägst zwar den Namen eures Stadtheiligen...

THOMAS (hinter der Bühne, wieder näher): Titino! Titino!

GENNARO: Der heilige Titino! Der Deutsche bringt es noch fertig, den Hund heilig sprechen zu lassen. Santo subito!

ANNA: Lästermaul! Nach deinem Ferienbesuch in Palestrina werde ich graue Haare haben. Und dabei bin ich noch so jung, Witwe zwar, aber noch so jung.

GENNARO: Tante Anna, lass' dir keine grauen Haare wachsen! Und ob grau oder schwarz: Ich bin sicher, dass Signor Enrico sich daran nicht stört.

ANNA: Lästermaul! Lass Signor E-inrick in Ruhe! Ein wahrer Gentiluomo.

GENNARO: Ja, der ist in Ordnung. Das ist ein Mann. Ein Schriftsteller zwar, aber ein Mann.

ANNA: Ein Poet. Zwei Brüder, zwei Poeten.

GENNARO: Zwei Poeten? Signor Enrico, gut, der hat schon Bücher geschrieben, er hat mir sogar eins gezeigt. Aber sein junger Bruder?

ANNA: Ins Gästebuch hat er eingetragen: Poet aus München.

GENNARO: Und ich trag' mich ein: Sänger aus Neapel. Funicoli, funicula.

ANNA: Gennaro, mehr Respekt vor meinen deutschen Pensionsgästen!

GENNARO: Respekt, Respekt! Auch ich will Respekt, zumindest so viel wie ein Hund.

ANNA: Dann hilf Signor Tomaso, seinen Hund zu finden. Dann schaut er dich vielleicht wieder an, wenn du darauf so viel Wert legst.

GENNARO: Pah! Wenn nicht der Hund, dann sind es Bücher. Dieser Signor Tomaso hält ständig ein Buch in der Hand — ein wahrer Buchhalter. Das mit dem Poet ist sicher erschwindelt, klingt besser als Buchhalter, auch wenn Buchhalter besser auf ihn passt: penibel, hygienisch, furztrocken...

ANNA: Gennaro! Nicht diesen Ton! Mehr Respekt vor meinen Gästen!

GENNARO: Was heißt hier Gäste? Ich spreche von einem Gast. Der andere ist ja in Ordnung, dieser Signor Enrico, selbst wenn er auch mit Büchern hantiert und sogar schreibt. Aber er ist ein anderer Mensch, ein Mann.

ANNA: Und ein Poet. Wenn er mich nur anschaut!

GENNARO: Und das tut er ausgiebig.

ANNA: Gennaro, werd' nicht frech!

GENNARO: Und wie er dich anstarrt, Tante Anna.

ANNA: Anstarrt? Gennaro, er starrt mich nicht an. Na gut, Signor E-inrick betrachtet mich mit einem gewissen Wohlgefallen.

GENNARO: Tante Anna, wie du schon redest. Wohlgefallen! Er sieht dich an wie ein Mann eine Frau eben anschaut.

ANNA: Wie ein Poet eben eine Frau anschaut.

GENNARO: Poet, Poet! Der eine ein Buchhalter, der andere könnte auch was Anderes sein.

ANNA: Und was, mein großer Menschenkenner aus Neapel?

GENNARO: Oh, manches Andere, etwa....Zuhälter.

ANNA: Zu...? Jetzt reicht es aber, du neapolitanischer Lümmel! (versucht Gennaro zu ohrfeigen, aber der weicht aus; komische Verfolgungsjagd um den Küchentisch) Ich werd's dir zeigen. Zu...! Unverschämter Kerl!

GENNARO: Tante Anna! Ich habe noch nicht gefrühstückt. Du hetzt mich noch zu Tode.

ANNA: Pah! Zu Tode! Wenn ich dich in die Finger bekomme, wärst du lieber tot.

GENNARO (stößt an ein Tischbein und stößt einen Schrei aus, sinkt theatralisch zu Boden): Mein Bein, mein Bein!

ANNA (kniet besorgt bei ihm): Sein Bein, sein Bein! (im Folgenden Duett)

GENNARO: Mein Bein, mein Bein!

ANNA: Sein Bein, sein Bein!

GENNARO: Das tut so weh!

ANNA: Es tut so weh!

GENNARO: Mein Bein, mein Bein!

ANNA: Sein Bein, sein Bein!

GENNARO: Ich Armer, hilf!

ANNA: Der Arme, hilf!

GENNARO: Das tut so weh!

ANNA: Es tut so weh!

GENNARO: Kaffee, Kaffee!

ANNA: Kaffee, Ka.... Du Spitzbube! (Gibt ihm einen Klaps)

GENNARO: Ich brauche morgens meinen Kaffee.

ANNA: Schmierenkomödiant! Ich sorge mich um meinen Neffen — und du, du nimmst mich auf den Arm.

GENNARO: In den Arm, in den Arm. Du bist doch meine liebste Tante. (Gibt ihr einen

Kuss) Aber ohne Kaffee am Morgen...

ANNA: Setz' dich! Du kriegst deinen Kaffee. Er steht ja schon bereit. Und ich trinke auch noch einen.
(Beide setzen sich an den Tisch und trinken den Kaffee)

THOMAS (hinter der Bühne): Titino! Titino!

GENNARO (hebt in komischer Verzweiflung die Hände zum Himmel)

ANNA: Der arme Signor Tomaso. Du musst ihm wirklich helfen, Gennaro. Er ist nun mal Pensionsgast.

GENNARO: Schöner Pensionsgast, schöne Pensionsgäste. Und dann diese geheimnisvollen Gespräche. Die beiden Brüder sprechen dauernd von einer Nische oder so. Und in der Nische: Sarah tut was, Sarah tut was.

ANNA: Das verstehst du nicht.

GENNARO: Ah, und du, Tante, verstehst das?

ANNA: Nein, aber warum sollten wir es auch verstehen? Wir sind Italiener und das sind Deutsche.

GENNARO: Vielleicht sind es Spione. Sarah tut was, Sarah tut was. Eine Geheimsprache.

ANNA: Ach was, Gennaro, das sind zwei deutsche…

GENNARO: Poeten.

ANNA: Poeten, eben.

GENNARO: Und wer versteht schon Poeten?

ANNA: Deutsche Poeten.

GENNARO: Deutsche Poeten.

THOMAS (hinter der Bühne): Titino! Titino!

ANNA: Gennaro, du hast deinen Kaffee gehabt. Jetzt geh und hilf Signor Tomaso bei der Suche!

GENNARO: Muss das sein?

ANNA: Das muss sein! Signor Tomaso wird sich erkenntlich zeigen.

GENNARO: Schrecklich der Gedanke.

ANNA: Fängst du schon wieder an?

GENNARO: Wenn ich wieder in Neapel sein werde, was werde ich dann zu erzählen haben: zwei deutsche Poeten, ein Buchhalter und ein Zu...

ANNA: Gennaro!

GENNARO: Zwei Deutsche, Sarah tut was in der Nische und ein Hund. Die werden mich für verrückt halten.

ANNA: Schwatz nicht, sondern...

THOMAS (hinter der Bühne) Titino! Titino!

ANNA: ...sondern hilf dem jungen Poeten.

GENNARO: Poeten? Was du mit deinem Poeten hast, Tante. Nur weil das im Gästebuch steht. Selbst wenn er wirklich ein Poet ist, dann schreibt er sicherlich Verse über - Hunde.

ANNA: Gennaro! (will ihn ohrfeigen)

GENNARO (weglaufend, ironisch): Titino,Titino!

2. Szene

(Speisezimmer, nach hinten mit Blick in die Küche; Anna räumt nach dem Frühstück ab)

ANNA (singt):
    Ach, als Witwe hab' i's schwer,

d' Männer sind halt hinter mir her.
Die Weiber sie red'n, die Weiber sie
tuscheln
und meinen, i würd' mit jedermann ku-
scheln.
Dabei halt' i's Häusel schön
g'schlussi,
auch wenn die Männer mir zuwerfen
Bussi.

Ach, als Witwe etc.

Die Blicke sind heimlich, die Blicke
sind
offen.
Mir ist's oft peinlich, die glauben
zu hoffen,
dass meine Türen und Fenster steh'n
offen.
Und i, i lass' die Männer halt hoffen.

Ach, als Witwe etc.

Manch einer würd' sich gern einlo-
giern.
Den Alten sollt' i die Glatze po-
liern.
Die Jungen, die woll'n ihr Schwänzel
probiern.
Und i, was hab i nicht all's zu ver-
liern.

Ach, als Witwe hab' i's schwer,

d' Männer sind halt hinter mir her.
Doch wär'n sie nicht hinter mir her,
wie fiel mir das schwer, wie fiel mir
das schwer.

Es ist schon ein Kreuz mit den Männern.
Erst legen sie einen aufs Kreuz, und dann
werden sie einem zum Kreuz - wenn man sie
heiratet. Und heiratet man nicht, ich
mein: heiratet d' Frau nicht, dann wird
sie gekreuzigt. Mein erster Mann war nicht
schlecht — er ist rasch g'storben. Und
dann hab' ich mir Zeit g'lassen und wurd'
gelassen und die folgenden Männer hab'n
mich verlassen. Für die Männer sind's
lässliche Sünden, für uns Frauen sind's
unpässliche Sünden. Und doch, manchmal
hat's Spaß g'macht. Aber schwerer hab'n
wir Frauen es schon, und gar wir entmänn-
lichten. Die Männerwelt ist schlecht, aber
ob die Frauenwelt besser wär'? Da hab'
ich meine Zweifel. Und wär's eine Witwen-
welt... gar nicht zum Ausdenken. Vielleicht hätt' ich nach meiner Lehrzeit in
Wien dort bleiben soll'n. Aber wer weiß,
ob es dort so viel anders gekommen wär'.

(Beginnt erneut zu singen)
    Ach, als Witwe hab' ich's schwer...

HEINRICH (der bei den letzten Worten herein getreten ist):
Was für ein Belcanto, Signora Anna! Was

für eine göttliche Stimme!

ANNA: Haben Sie mich erschreckt, Signor E-inrick. Und dann verspotten Sie mich auch noch.

HEINRICH: Verspotten? Aber das tu ich doch nicht. Nein, wirklich. Ich wollte Sie auch nicht erschrecken, ich wollte nur um einen Kaffee bitten.

ANNA: Wenn Sie sich setzen wollen. Ich bringe Ihnen gleich den Kaffee. (Holt eine Tasse Kaffee aus der Küche) Bitte schön!

HEINRICH: Setzen Sie sich doch einen Augenblick zu mir. Sie haben wirklich schön gesungen. Schade, dass Sie so plötzlich aufhörten. Singen Sie das Lied doch bitte nochmals für mich!

ANNA: Nein, ich singe nur, wenn deutsche Gäste hier sind. Die erwarten nämlich, dass wir Italiener ständig singen.

HEINRICH: Aber ich bin doch ein Deutscher.

ANNA: Sie sind ein Poet. Und da müsste ich schon poetischer singen für Sie.

HEINRICH: Ach was, eine junge Frau wie Sie singt für einen Mann immer schön poetisch.

ANNA: Aber nicht eine alte Witwe.

HEINRICH: Alt? Liebe Signora Anna, Sie sind doch nicht alt.

ANNA: Sie meinen wohl: nicht zu alt.

HEINRICH: Aber nein, Signora Anna. Wirklich. Schauen Sie in den Spiegel!

ANNA: Das ist es ja! Wie mich der Spiegel jeden Morgen anguckt und ich zurück guck — ich weiß nicht, wem von uns beiden grauslicher wird.

HEINRICH: Aber nein, Signora Anna.

ANNA: Aber ja, Signora Anna, - sagt der Spiegel - du bist eine Witwe und alt geworden.

HEINRICH: Sie müssen jung geheiratet haben, um schon Witwe zu sein.

ANNA: Ja, Witwe. Alberto, Gott habe ihn selig, ist einfach gestorben. Noch nicht einmal ein Kind hat er mir gemacht zur Stütze meines Alters. Nichts habe ich von diesem Nichtsnutz von Mann.

HEINRICH: Und das Haus?

ANNA: Das habe ich von meinen Eltern geerbt, Gott habe sie selig. Vielleicht ganz gut, dass Alberto so früh gestorben ist. Er war nämlich ein Glücksspieler, wie sich sofort nach der Hochzeit herausstellte.

HEINRICH: Wie sich in der kurzen Zeit ihrer Ehe herausstellte.

ANNA: In der kurzen Zeit meiner Ehe. Trau eine den Männern.

HEINRICH: Trau eine den Männern.

ANNA: Signor E-inrick, Sie meine ich damit nicht.

HEINRICH: Ah, ich bin ich kein Mann!

ANNA: Sie sind ein Deutscher!

HEINRICH: Aha! Kein Mann, nur ein Deutscher.

ANNA: Das sind auch Menschen.

HEINRICH: Wie tröstlich. Aber keine Männer.

ANNA: Ach, Signor E-inrick. Sie wollen mich missverstehen.

HEINRICH: Ich bin ein Poet.

ANNA: Sie sind ein Gentiluomo!

HEINRICH: Aber kein Mann.

ANNA: Das habe ich wirklich nicht sagen wollen. Also: Sie sind ein Mann.

HEINRICH: Danke. Aber ich kann Sie, Signora Anna, nur warnen: Auch deutschen Männern darf man nicht trauen. Ich warne Sie ausdrücklich: Trauen sie mir nicht! Auch ich bin ein Spieler.

ANNA: Santa Lucia! Sie sind ein Spieler!?

HEINRICH: Ja, ich spiele mit Wörtern.

ANNA: Jetzt spielen Sie mit mir, Signor E-inrick. Sie sind ein Poet, ein Schriftsteller, und müssen mit Wörtern...

HEINRICH: ...spielen. Zum Beispiel (singt):
        Anna, liebe Anna, wer raschelt im
        Stroh?

ANNA: Signor E-inrick, schauen Sie mich nicht so an! Sie haben sicherlich eine schöne Frau in Deutschland: groß, blond, mit blauen Augen.

HEINRICH: Oh, ich kenne Dutzende von Frauen in Deutschland, groß, blond, mit blauen Augen...

ANNA: Sehen Sie, so habe ich mir das gedacht.

HEINRICH: ...aber keine mit Ihren schwarzen Haaren und Ihren schwarzen Augen.

ANNA: Braunen Augen.

HEINRICH: Ob schwarz, ob braun...

ANNA: Ich glaube, Sie brauchen noch einen Kaffee, damit sie aufwachen.

HEINRICH: Wacher als ich kann niemand vor Ihnen sein.

ANNA: Ach, jetzt entpuppen Sie sich ja noch als ein halber Italiener.

HEINRICH: Das ist ein schönes Kompliment.

ANNA: Aber halt nur ein halber.

HEINRICH: Das ist kein schönes Kompliment, nur ein halber Mann zu sein.

ANNA: So habe ich das nicht gesagt. Und im übrigen, ich habe zu tun. Ich muss die Bettwäsche wechseln, bei Ihnen und Ihrem Bruder.

HEINRICH: Oh, Signora Anna, da kann ich Ihnen gern helfen. Beim Betten bin ich gut. Sie wissen ja: Wie man sich bettet, so betet man.

ANNA: Ist das so in Deutschland?

HEINRICH: Und wie man betet, so bettet man sich.

ANNA: Und so ist das in Deutschland?

HEINRICH: Und ...

ANNA (hat Bettwäsche aus einem Schrank genommen und gibt Heinrich einen Teil davon): Hier! Folgen Sie mir unauffällig in die Zimmer hinauf!

HEINRICH: Oh, keine Angst! Ich folge Ihnen gefällig und passe auf, dass Sie nicht zu Fall kommen. Denn das ist oft fällig, wenn man hinaufsteigt. Und mancher ist auch schon beim Heruntersteigen zu Fall gekommen. Es gibt so viele Fallsüchtige in der Welt. Also ich folge rein zufällig, und ganz gefällig will ich Ihnen zu Gefallen sein.

3. Szene

GENNARO (sitzt auf der Veranda der Pension
und singt, nach der Melodie „Zwei kleine
Italiener"):

    Zwei deutsche Schri-iftsteller
    vergessen ihre Heimat nie.
    Doch reisten's nach Italien hin,
    weil z'Haus die Sonne selten schien.

    Sie sehnt'n nach dem Süden sich,
    nach Pasta und nach Pizzerich,
    nach einem Glas Fraska-ati,
    nach Italbub'n und Ma-adli.

    Ob E-inrick, ob Tomaso,
    sie leb'n wie im Paradiso.
    D' dunkle Wälder, die sind dorten,
    d' Limonen find'st an unsern Orten.

    Zwei deutsche Schri-iftsteller,
    sie seh'n auf ihrigem Teller
    Mak'roni und Tort'loni.
    In München krieg'ns das so nie.

    Sie sehnen sich nach Sonne.
    Wie g'sagt, die's hier 'ne Wonne.
    'ne Wonne wär'n auch die Jungen,
    doch die werd'n heute nicht besungen.
    Ich fühl' mich so famoso,
    ob E-inrick, ob Tamoso,
    ich fühl' mich fit und g'sund,
    ganz wie 'n junger Hund.

THOMAS (hinter der Bühne): Titino! (auf der Bühne) Titino!

GENNARO: Bin selber schuld. Warum hab' ich den Hund nur beschrien?

THOMAS: Ah, der Neapolitaner! Sitzt im Schatten und schattet sich ab von der Hundesuche. Goethe hatte Unrecht! Sie sind Schattensucher, die Neapolitaner, keine Hundesucher.

GENNARO: Wer ist Goethe? Hat der auch einen Hund gesucht? Das ist Deutsch. Im Übrigen, Signor Tomaso: Ich habe auch gerufen. Ich bin ganz heiser. (leise) Titino, Titino!

THOMAS: Das wird Titino im ganzen Städtchen gehört haben.

GENNARO: Oh, Hunde haben ganz feine Ohren. Die hören sogar das Gras wachsen, oder besser die Knochen. Da spitzen sie ganz großartig die Ohren. Neulich unterhielt ich mich mit dem Wagner...

THOMAS: Wie? Du kennst Wagner? Da ist dir manches verziehen. Wagner! Wagner!

GENNARO: Was, den Wagner kennen sie auch? Und sind doch erst ein paar Tage in Palestrina.

THOMAS: Oh, ich hörte ihn noch vor meiner Abreise aus München.

GENNARO: Na, so weit hört man ihn dann doch nicht. Er haut zwar schon mit seinem Hammer zu, aber bis München? Das können sie nicht gehört haben. Beim besten Willen nicht — und selbst nicht mit Hundeohren.

THOMAS: Was für ein Hammer?

GENNNARO: Na unserm Wagner seiner. Wenn der die Wagen zusammenbaut...

THOMAS: Wie? Der Wagenbauer? Der Wagenbauer! Ich hätte es mir denken können: Wie soll auch ein neapolitanischer Bengel Wagner kennen?

GENNARO: Ja, wie soll ich denn Ihren Münchner Wagner kennen? Kennen Sie vielleicht nur einen unserer neapolitanischen Wagner? Keinen kennen Sie! Dabei haben wir ein Dutzend Wagner.

THOMAS: Wagenbauer.

GENARO: Ja, sag ich doch: Wagner.

THOMAS: Wagenbauer.

GENNARO (gähnt)

THOMAS: Zurück zu unserem Hauptthema: Titino.

GENNARO: Ihrem Hauptthema. Im übrigen fühle ich mich von Ihnen beleidigt, Signor Tomaso.

THOMAS: Wie das?

GENNARO: Wie das? Zum ersten Mal seit Sie hier bei meiner Tante wohnen, sprechen Sie mehr als drei Worte mit mir. Und warum? Und warum? Nur wegen diesem Hund, ihrem verlorenen. Wäre der Hund nicht verloren, hätten Sie nicht ein Wort an mich verloren, und ich wäre ein ganz Verlorener. Aber ich weiß, woher das kommt. Ich kenne den Grund. Das ist Deutsch.

THOMAS: Hör mal, Gennaro! Wie kannst du so egoistisch sein? Titino ist noch ein junger Hund.

GENNARO: Und ich bin ein junger Mann.

THOMAS: So ein junger Hund braucht Fürsorge.

GENNARO: So ein junger Mann braucht Fürsorge.

THOMAS: Er fordert liebevolles Betreuen, Streicheleinheiten, sozusagen.

GENNARO: Er fordert liebevolles Betreuen, Streicheleinheiten, so zu sagen.

THOMAS: Du bringst mich mit deinem Gerede ganz durcheinander. Hilf mir lieber bei der Suche nach Titino!

GENNARO: Nein.

THOMAS: Nein?

GENNARO: Nicht ohne Entlohnung.

THOMAS: Wie? Dir geht es um schnödes Geld.

GENNARO: Haben oder nicht haben ist hier die Frage. Aber es geht mir gar nicht um Geld.

THOMAS: Sondern?

GENNARO: Ich will bekommen, was der Hund bekommt.

THOMAS: Hundekuchen?

GENNARO: Ah, wie geistreich. Mir geht es nicht um Materielles, sagen wir: nicht an erster Stelle.

THOMAS: Was willst du denn?

GENNARO: Fürsorge.

THOMAS: Fürsorge?

GENNARO: Betreuung.

THOMAS: Betreuung?

GENNARO: Streicheleinheiten - sozusagen.

THOMAS: Strei... jetzt reicht es aber. Wo sind wir denn! Du machst mich ganz konfus. (läuft auf und ab und ruft) Titino!Titino!...Titino!Titino!

GENNARO: Wenn ich auf allen Vieren liefe, würde er mich vielleicht wahrnehmen. Das ist Deutsch.

4. Szene

HEINRICH (schreibend in seinem Pensionszimmer; es klopft an der Tür und Thomas tritt herein)

THOMAS: Henry.

HEINRICH: Tommy. Nein, lass mich raten! Der Hund. Er ist noch immer nicht zu finden und...

THOMAS: Ich weigere mich, mit dir über Titino zu reden. Du nimmst ihn nicht ernst, du nimmst mich nicht ernst, du erkennst nicht den Ernst der Lage.

HEINRICH: Den Ernst der Lage? Lieber Tommy, mein Verleger wartet auf mein neues Manuskript. Das ist der Ernst der Lage. Ich kann doch nicht den ganzen Tag nach Titino suchen.

THOMAS: Ich komme nicht wegen Titino.

HEINRICH: Oh, was ist noch passiert?

THOMAS: Ich kann mein deutsch-italienisches Wörterbuch nicht finden.

HEINRICH: Auch davongelaufen?

THOMAS: Henry, manchmal könnte ich dich erwürgen.

HEINRICH: Tu dir keinen Zwang an.

THOMAS: Ein andermal. Ich sagte, ich finde mein Wörterbuch nicht und ich brauche deine Übersetzungshilfe.

HEINRICH: Lass mich raten! Du willst das italienische Wort für — wau wau?

THOMAS (wirft eines der vielen herumliegenden Bücher nach Heinrich)

HEINRICH: Schon gut, schon gut.Ich ent-

schuldige mich, ich entschuldige mich.
Aber das lag so in der Luft. Also, was
willst Du wissen, Bruderherz?

THOMAS: Nun,was heißt auf Italienisch –
Unterhose?

HEINRICH: Wie bitte?

THOMAS: Unterhose. Ich brauche drei neue
Unterhosen.

HEINRICH: Mein Gott! Ich schreibe gerade an einer sublimen Liebesszene und du
fragst mich nach Unterhosen. Ein Schriftsteller hat es wirklich nicht immer
leicht. So geht meine Liebesszene bestimmt
in die Hose. Aber gut, was tut einer nicht
für seinen Bruder. Also Unterhose. Auf
Italienisch: Mutande. Und der ganze Satz:
Ich brauche drei neue Unterhosen: Ho biso-
gno di tre mutande nuove.

THOMAS: Und bist du dir da auch sicher?

HEINRICH: Nein, ich bin mir nicht sicher,
ob du drei Unterhosen brauchst.

THOMAS: Henry, du strapazierst meine Geduld. Ich will wissen, ob du mit deiner
Übersetzung sicher bist.

HEINRICH: Ziemlich sicher. Das „ziemlich"

nur deswegen, weil ich mich dem Thema Unterhose bisher nicht so intensiv gewidmet habe wie du.

THOMAS: Mutande also? Was für ein Wort! Warum denn das?

HEINRICH: Was für eine Frage? Vielleicht weil manchmal etwas in der Unterhose mutiert.

THOMAS: Du bist ein Ferkel.

HEINRICH: Die Rolle des älteren Bruders ist nicht immer einfach.

THOMAS: Manchmal behandelst du mich wie ein Kind.

HEINRICH: Nein, das tue ich nicht. Vielleicht behandle ich dich manchmal wie meinen jugendlichen Bruder. Was macht eigentlich der Jugendliche, der Gennaro? Hat er dir bei der Hundesuche geholfen?

THOMAS: Zumindest tat er so, als tue er das. Das war zwar so gut wie nichts, aber auf jeden Fall mehr als andere tun.

HEINRICH: Mein Buch, mein neues Buch.

THOMAS: Schon gut. Also mutande. Und was heißt „gerippt"?

HEINRICH: Wie bitte?

THOMAS: Gerippt. Gerippte Unterhose.

HEINRICH: Gerippte Unterhose? Keine Ahnung. Ich weiß nicht einmal auf Deutsch, was eine gerippte Unterhose ist.

THOMAS: Himmel, stell dich nicht so dämlich an! Der Stoff soll gerippt sein.

HEINRICH: Aha. Tut mir leid. Trotz mehrjährigen Aufenthalts in Italien — da muss ich passen. Gerippte Unterhosen. Was es nicht alles gibt. Es ist schon kurios: Wir wollten über unseren Philosophen sprechen, und jetzt sprechen wir ständig über deine Unterhosen.

THOMAS: Was heißt da meine Unterhosen? Ich habe sie ja gar nicht. Das ist ja das Problem.

HEINRICH: Das muss man einsehen. Unterhosen kommen vor Philosophie. Vielleicht kann dir Signora Anna weiter helfen. Eine Hausfrau...

THOMAS: Himmel, Henry, ich kann doch nicht umständlich mit der Signora das Thema gerippte Unterhosen zu klären versuchen. Wie peinlich wäre das.

HEINRICH: Verstehe. Gerippte Unterhose...
vielleicht kann dir Gennaro helfen.

THOMAS: Niemals!

HEINRICH: Niemals! Dann geh morgen auf den
Wochenmarkt in Palestrina und suche bei
den Ständen mit Textilien nach Unterhosen, nach gerippten Unterhosen. Am besten
zeichnest du das gesuchte Objekt auf, gerippte Unterhose, dass du es dem Verkäufer
vorzeigen kannst.

THOMAS (der inzwischen an den Schreibtisch
getreten ist, wo Zeichnungen Heinrichs
liegen): Aufzeichnen? Himmel, Henry, was
hast du denn da gezeichnet? Lauter nackte
Weiber!

HEINRICH: Kunstübungen, Kunstübungen. Ani-
mieren mich mehr als nackte Unterhosen,
ich meine: gerippte Unterhosen.

THOMAS: Lenk nicht vom Thema ab! Nackte
Weiber! Du bist und bleibst ein Ferkel.
Und so etwas will ein Künstler sein? Wo
bleibt die sublimierte Sinnlichkeit? Wo
die sinnliche Sublimiertheit? Nackte Weiber! Das ist doch keine reine Kunst.

HEINRICH: Lieber nackt als rein.

THOMAS: Das wird immer der Unterschied

zwischen uns sein.

HEINRICH: Ja, du liebst es lieber rein als nackt.

THOMAS: Als Literat ist man innerlich nackt, äußerlich sollte man sich gut anziehen und ein anständiger Mensch sein. Aber das wirst du wohl nie schaffen. Du entdeckst in allem Irdischen nur den Schmutz. (sieht, wie Heinrich sich das Hemd auszieht) Was machst du denn da?

HEINRICH: Ich ziehe mir zum Abendessen ein reines Hemd an. In diesem Falle: lieber rein als nackt.

THOMAS: Nackt, nackt, nackt! Ich höre immer nur „nackt".

HEINRICH (beginnt zu singen):
    Geboren bin ich nackt und bloß,
    ganz ohne Hemd und Unterhos'.
    Für Amme Babs, auf ihrem Schoß,
    sang ich schon damals lauthals los:

    Ich bin ein Nackedei, ich bin ein Nackedei,
    und wenn dich ausziehst, sind wir zwei.

THOMAS: Nein!

HEINRICH:

    In der Schule, höchst adrett,
    hieß die Lehrerin Babett.
    Bei Mondlicht lag ich feucht im Bett
    und sang im Traum mit ihr Duett:
    Ich bin ein Nackedei etc.

THOMAS: Nein, nein!

HEINRICH:

    Zehn Jahre drauf, in dem Büro
    hieß meine Chefin ebenso.
    Babs kniff mich einmal in den Po.
    Da hob ich ab und sang ihr froh:

    Ich bin ein Nackedei etc.

THOMAS: Nein, nein, nein!

HEINRICH:

    Babette hieß die Pflegerin,
    an der im Altenheim ich hing.
    Es hatte damals kaum noch Sinn.
    Trotz schwachen Gliedes dacht' ich:
    Sing!

    Ich bin ein Nackedei etc.

THOMAS (verzweifelte Geste)

HEINRICH:

    Ein Engel gab mir einen Klaps,
    denn ich war tot und roch nach

Schnaps.
Auf jeden Fall, zu singen gab's,
denn dieser Engel, der hieß Babs.
Ich bin ein Nackedei, ich bin ein Nackedei,
und wenn dich ausziehst, sind wir
zwei.
Ich bin ein Nackedei, ich bin ein Nackedei,
nun zieh dich aus! dann sind wir
zwei.

(sieht nach dem Lied fragend Thomas an)
Nein?

THOMAS: Heinrich, mir graut's vor dir.

(Vorhang)

Zweiter Akt

In einer einzigen Szene

(Speisesaal der Pension, Anna und Gennaro
decken den Tisch fertig)

ANNA: Gennaro, hast du den beiden Signori
Bescheid gesagt, dass das Abendessen fertig ist?

GENNARO: Ja, ja. Sie haben wieder geredet,

du weißt schon: Nische und Sarah tut was,
und lauter solches Zeug.

ANNA: Wir sind keine Poeten. Du verstehst
das nicht, ich versteh das nicht.

GENNARO: Poeten, oder doch Spione? (Singt)
    Sarah tut was, Sarah tut was.
    Also spricht es in der Nische.
    Doch die Rede bleibt so blass
    wie das Philosophier'n am Tische.

GENNARO/ANNA:
    Was sind das nur für Wunderworte?
    D' Deutsche sind ,ne seltsame Sorte.

ANNA:
    Was tut Sarah? Was tut Sarah?
    Also munkelt in der Nische
    der Weltgeist gar nicht klara,
    ohne Witz und ohne Frische.

ANNA/GENNARO:
    Was sind das nur etc.

GENNARO:
    Vielleicht sind 's doch Spione.
    Planen schlimme Sachen.
    Dunkelmänner tun nix nie ohne,
    und im Hals steckt ein'm das Lachen.

GENNARO/ANNA: Was sind das nur etc.

ANNA:

> Sarah tut was, Sarah tut was,
> plappert 's wie Gebetes Mühle.
> Ach, 's macht keinen Spaß,
> wenn i nix als Leere fühle.

GENNARO/ANNA: Was sind das nur etc. (Heinrich und Thomas treten ein)

THOMAS: ...heißt es im Zarathustra.

GENNARO/ ANNA (nicken sich bedeutungsvoll zu)

HEINRICH: Ja, ja, der alte Nietzsche.

GENNARO/ ANNA (nicken sich bedeutungsvoll zu)

THOMAS: Guten Abend.

HEINRICH: Guten Abend, Signora Anna. Guten Abend, Gennaro. Das riecht ja wieder köstlich. Was haben Sie denn heute für uns kreiert?

ANNA: Guten Abend die Signori. Kreiert? Nein, ich habe nur gekocht. Etwas ganz Einfaches: Gnocchi mit Tomatensoße und dann Karnickel nach Jägerart. Es ist gleich so weit. Komm, Gennaro, hilf mir in der Küche! (beide ab)

THOMAS: Was guckten die denn so seltsam?

HEINRICH: Das ist Italienisch.

THOMAS: Vor allem dieser Gennaro. Sein schwarzer Tierblick, die ganze Bellezza macht mich nervös.

HEINRICH: Das ist Neapolitanisch.

THOMAS: Wie der Bengel so auftritt.

HEINRICH: Das ist Italienisch. Das fasziniert mich jedesmal. Dabei lebe ich schon Jahre in Italien. Wenn da so ein Italiener in die Bar tritt und einen Kaffee bestellt — mit was für einer Grandezza! Da denkt man: Der muss von Adel sein, dabei ist es der - Straßenkehrer.

THOMAS: Ja, dieses sichere Auftreten. In den meisten Fällen beruht es wohl auf Dummheit. Ich werde das nie so können.

HEINRICH: Nein, so dumm wirst du nie werden können.

THOMAS: Aber du hast es in all deinen Italienjahren fast geschafft.

HEINRICH: Man tut, was man kann. Aufschlussreich ist, dass die Italiener die Deutschen für dumm halten. Der Deutschen ist „fesso", der Italiener ist „furbo".

THOMAS: Fesso? Furbo?

HEINRICH: Eine kleine Sprachkunde für den Neuankömmling in Italien: „Fesso" ist dumm, einfältig, tölpelhaft. Das sind wir Deutsche in den Augen der Italiener. Und „furbo" heißt so etwas wie gewitzt, durchtrieben, bauernschlau. Das sind die Italiener. Eben nicht so einfältig wie die Deutschen, die man so leicht übers Ohr hauen kann. Das ist der Unterschied zwischen der italienischen und der germanischen Rasse.

THOMAS: Also, wo ich hingehöre, weiß ich. Aber du?

HEINRICH: Zwischen die Rassen, zwischen die Rassen. Doch vermutlich hängt das viel mehr von der Erziehung ab. Schau mal, Tommy! Wenn ein italienischer Knirps, so ein Zweijähriger etwa, auf den Küchentisch klettert und von dort in hohem Bogen auf den Steinboden pinkelt, dann schreit erst mal die ganze Familie „bravo, bravissimo". Was für eine großartige männliche Geste!
THOMAS: Ekelhaft!

HEINRICH: Der Kleine wird so in seinem Auftreten, in seinem So-Sein bestätigt. Das lässt ihm die Brust schwellen.

THOMAS: Widerlich!

HEINRICH: Und dann kriegt das Kind links und rechts eine gescheuert. Man pinkelt ja nicht in der Küche herum. Und dann wird das arme heulende Kerlchen in die Arme genommen, getröstet und abgeküsst.
THOMAS: Was für ein Melodrama! Meine Kinder werden einmal nicht vom Tisch herunter pinkeln.

HEINRICH: Nein, das werden sie nicht.

THOMAS: Und sie werden auch nicht barbarisch geschlagen.

HEINRICH: Nein, das werden sie nicht. Aber sie werden wohl auch nicht abgeküsst.

(Anna und Gennaro mit je zwei Tellern treten herein, setzen sich mit an den Tisch)

ANNA: Ich hoffe, es wir Ihnen schmecken, Signor E-inrick, Signor Tomaso.

HEINRICH: Da bin ich sicher. Sie kochen superb.

THOMAS: Signora Anna, ich muss Ihnen gleich sagen: Ich habe keinen Appetit, der Appetit ist mir vergangen.

HEINRICH: Der verlorene Hund liegt ihm im

Magen.

THOMAS: Ich habe eben im Gegensatz zu meinem Herrn Bruder ein Herz für Tiere.

GENNARO: Titino.

THOMAS: Und ich würde Titino überall suchen, selbst in der Unter...

HEINRICH: ...hose.

THOMAS: ...welt. Selbst in der Unterwelt.

HEINRICH: Lieber Orpheus, dann pass aber auf dem Rückweg auf, dass sich Titino nicht umdreht und nach hinten zu dir schaut!

THOMAS: Spotte nur! Mein armer Titino. Titino!

GENNARO: Titino.

ANNA: Der arme Titino. Trösten Sie sich, Signor Tomaso, ich habe im Vespergottesdienst in der Kirche eine Kerze für die Wiederfindung Titinos aufgestellt.

THOMAS: Ich danke Ihnen, Signora Anna. Das ist eine schöne Geste. Mehr als manch anderer für den verlorenen Hund getan hat.

HEINRICH: Damit bin ich gemeint, Signora Anna. Aber glauben Sie wirklich, dass sich der liebe Gott oder die Madonna auch noch um streunende Hunde kümmern kann?

THOMAS: Mach dich nur lustig über fürsorgliche Menschen. Alter Atheist!

HEINRICH: Ich bin kein Atheist.In Lübeck war ich Tee-Ist, und in Italien bin ich Kaffee-Ist.

GENNARO: Das ist Deutsch.

THOMAS: Henry, du bist nur ein schlechtes Wortspiel.

ANNA: Mein Gott, Signor E-inrick, sind Sie wirklich ein Atheist? Dann muss ich morgen in der Frühmesse drei Kerzen für Sie anzünden.

HEINRICH: Siehst du, Tommy. Wir sind in Italien. Da zählen Menschen noch wie drei Hunde.

THOMAS: Du bist ein Unmensch.

HEINRICH: Liebe Signora Anna, Ihre Sorge um mich rührt mich. Aber beruhigen Sie sich. Ein deutscher Dichter schrieb einmal: Wer am meisten genießt, betet am meisten. Sie können sich nicht vorstellen, wie ich die Frauen anbete.

THOMAS: Anbete!

Gennaro: Das ist deutsch.
THOMAS: Das verstehst du nicht, Gennaro.

GENNARO: Ich verstehe schon: Ich bin ein kleiner dummer Neapolitaner.

THOMAS: Das habe ich nie gesagt. Aber statt zu versuchen, groß nachzudenken, solltest du mehr Einsatz zeigen bei der Suche nach Titino.

GENNARO: Titino.

ANNA: Haben die Gnocchi gemundet?

HEINRICH: Exzellent. Sie sind eine wunderbare Köchin, Signora Anna.

ANNA: Übertreiben Sie nicht, Signor E-inrick! Aber, Signor Tomaso, Sie haben Ihren Teller ja gar nicht angerührt!
THOMAS: Es tut mir Leid, Signora Anna, aber ich kann einfach nichts essen. Der arme Titino, ich kann nicht anders, als an ihn denken. Irgendwo sitzt er da draußen, allein, einsam, ohne Essen, furchtsam, zitternd, ohne Herrchen...

HEINRICH: Keine Angst, er wird schon fres-

sen wollen und daher den Weg zurück finden.
THOMAS: Ich spreche nicht mehr mit dir
über Titino. Ich muss weiter suchen.

GENNARO: Titino.

ANNA: Der arme Titino, der arme Signor Tomaso! Aber Sie müssen etwas essen, damit
sie Kraft zu neuer Suche bekommen. Kommen
Sie, essen Sie etwas! Gennaro wird Ihnen
nachher helfen bei der Weitersuche.

GENNARO: Titino.

HEINRICH: Tröste dich, Gennaro! Wenn du
den Hund findest, wird sich mein Bruder
sehr erkenntlich zeigen.

THOMAS: Jetzt misch du dich nicht ein in
meine Angelegenheiten! Außer dummen Bemer-
kungen keinerlei handfeste Hilfe für den
armen kleinen Titino.

GENNARO: Titino.

HEINRICH: Aber Tommy, ich habe dir doch
gesagt, dass ich mein neues Buch dringend
fertigstellen muss. Mein Verleger hat wie-
derholt gemahnt...

THOMAS: Dein Buch, dein Verleger — aber
mein Hund.

GENNARO: Und Ihr Buch, Signor Tomaso?

ANNA: Gennaro, halt den Mund! Lern erst einmal lesen!

THOMAS: Wie? Du kannst nicht lesen?
GENNARO: Manche lesen, manche leben.

HEINRICH: Sehr vernünftig, Gennaro. Schau uns Brüder an! Wir lesen und lesen und lesen. Und was ist aus uns geworden? Hundesucher.

THOMAS: Wir? Dass ich nicht lache. Ich, ich suche nach Titino.

GENNARO: Titino.

ANNA: Kommen Sie, Signor Tomaso! Zwei Gnocchi. Sie müssen sich stärken!

THOMAS: Ich kann wirklich nicht. Mir fehlt einfach der Appetit, mir fehlt...

GENNARO: Titino.

HEINRICH: Vielleicht serviert ihn ja Signora Anna als zweiten Gang.

THOMAS: Du bist ein Ekel! (singt)
    Mein armer Hund, Hund, Hund,
    ich werd' nimmer g'sund, g'sund,
    g'sund,

ohne mein Hund, Hund, Hund.
's ist auch zu bunt, bunt bunt,
ohne den Hund, Hund, Hund,
's läuft nichts mehr rund, rund, rund,
ohne mein Hund, Hund, Hund.
's ist alles Schund, Schund, Schund,
ohne den Hund, Hund, Hund.
Ich geb' allen kund, kund, kund:
Ohne mein Hund, Hund, Hund,
werd' ich nimmer g'sund, g'sund,
g'sund.
Oh der arm' Hund, Hund, Hund!

HEINRICH (stimmt mit ein):
Jetzt halt mal d' Mund, Mund, Mund!

THOMAS:
Oh mein lieber Hund, Hund, Hund!

HEINRICH:
Halt endlich d' Mund, Mund, Mund!

THOMAS: Wo ist nur der...

(Hundegebell hinter der Bühne)

THOMAS (springt auf und eilt hinaus): Titino! Titino!

HEINRICH: Titino?

ANNA: Titino!

GENNARO: Titino.
(Thomas kommt mit dem Hund auf dem Arm
zurück und singt, die anderen fallen dann
ein):

    THOMAS   DIE ANDEREN

Hurra, hurra,
der Hund ist da!
                Hurra, hurra,
                der Hund ist da!
Ich freu' mich fei,
zu End' ist d' Sucherei.
                Wir freun'n uns fei,
                zu End' ist d'Sucherei

        ALLE: Hurra, etc.

Was bin ich froh,
ich lieb' ihn so.
                Was ist er froh,
                er liebt ihn so.

        ALLE: Hurra, etc.

Von Kopf bis Schwanz,
hab' ich ihn ganz.
                Von Kopf bis Schwanz,
                hat er ihn ganz.

        ALLE: Hurra, etc.

Er ist, mein Seel',

ganz ohne Fehl.

> Er ist, sein Seel',
> ganz ohne Fehl.

ALLE: Hurra, etc.

So klug ist er
wie kein anderér.

> So klug ist er
> wie kein anderér.

ALLE: Hurra, etc.

Und dieses Vieh,
hat auch Esprit.

> Und dieses Vieh,
> hat auch Esprit.

ALLE: Hurra, etc.

Titino bist 'n Schatz.
Für dich 'n großen Schmatz.

HEINRICH: Das bleibt aber das Vorrecht des Herrn des Hundes.

THOMAS: Natürlich. Dir vertraue ich Titino nicht an — vom Küssen ganz zu schweigen.

GENNARO: Titino.

THOMAS: Titino — er ist zurück.

ANNA: Bravo, bravissimo.

GENNARO: Titino.

HEINRICH: Der zweite Gang ist da. Hoch sollen sie leben: Herr und Hund. Signora Anna, wenn mein Bruder schon nicht essen will, servieren sie dem armen, verloren gegangenen, ausgehungerten, wiedergefundenen Hund eine Portion.

THOMAS: Ja, Herr und Hund haben Hunger. (Setzt sich, den Hund auf dem Schoß) Jetzt habe ich Appetit.

ANNA: Jetzt kommt der zweite Gang: Karnickel nach Jägerart.

THOMAS: Verträgt das Titino auch?

GENNARO: Das ist Deutsch.

HEINRICH: Das ist sicherlich das Richtige, wenn so ein Schoßhund zu einem Jagdhund werden soll.

THOMAS: Titino, ignorier einfach diesen unausstehlichen Kerl da drüben!

GENNARO: Titino

ANNA (hat serviert): Ich hoffe, dass Sie jetzt großen Appetit haben, Signor Tomaso.

Hier ist eine Schüssel für Titino (stellt die Schüssel auf den Boden, Thomas setzt den Hund davor)

THOMAS: Herr und Hund danken, Signora Anna. (Probiert) Es schmeckt wunderbar.

HEINRICH: Na, endlich sind wir einmal der gleichen Meinung. Signora Anna, es ist ein Gedicht. (Küsst ihr die Hand)

ANNA: Aber Signor E-inrick, nicht doch! Wie Sie wieder übertreiben! Danke. Nachher gibt es noch ein Dolce.

HEINRICH: Dolce Signora Anna. Das wird Anlass sein, Ihnen auch die andere Hand zu küssen.

THOMAS: Widerlich, diese Süßholzraspelei.

GENNARO: Was ist Süßholz...?

THOMAS: Vergiss es! Bring lieber Titino noch eine Portion. Er muss einen Mordshunger haben. (will nach dem Hund schauen)

Hilfe! Titino! Titino!
(singt, die anderen fallen dann ein)

THOMAS: DIE ANDEREN:

Oh Graus, oh Schreck,
der Hund ist weg.
                   O Graus, oh Schreck,
                   der Hund ist weg.
Da hilft nicht beten,
hilft nicht fluchen,
's gibt nichts als suchen,
suchen suchen.
                   Da hilft nicht beten,
                   hilft nicht fluchen,
                   's gibt nichts als su-
                   chen, suchen suchen.
Das Schicksal meint es schwer.
Kurz nur war die Rückekehr.
                   Das Schicksal meint es
                   schwer.
                   Kurz nur war die Rücke-
                   kehr.

     ALLE: Da hilft nicht beten, etc.

Titino, wo tust d' bleiben?
Ich tu so schrecklich leiden.
                   Titino, wo tust d'
                   bleiben?
                   Er tut so schrecklich
                   leiden.

     ALLE: Da hilft nicht beten, etc.

Ausg'rückt ist er wieder.

Das schlägt mich schrecklich nieder.

> Ausg'rückt ist er wie-
> der.
> Das schlägt ihn
> schrecklich nieder

ALLE: Da hilft nicht beten, et.

Die Welt ist mir so leer.
Ich vermiss' das Hundchen sehr.

> Die Welt ist ihm so
> leer.
> Er vermisst das Hund-
> chen sehr.

ALLE: Da hilft nicht beten, etc.

THOMAS (eilt hinaus, ruft hinter der Ku-
lisse): Titino! Titino!

GENNARO: Titino.

ANNA: Ich muss in die Kirche: Noch einmal
eine Kerze! Und du, Gennaro, hinter her!
Hilf dem armen Signor Tomaso!

GENNARO (schimpfend ab): Titino, Titino.

ANNA: Kommen Sie, Signor E-inrick! Wir
müssen Ihrem armen Bruder helfen.

HEINRICH: Müssen wir dem armen Hund hel-

fen? Nein, nein! Signora Anna, endlich
sind die Jungen weg, deshalb singe ich
ganz keck (nach Melodie O Donna Clara):

> O Donna Anna — du bist wunderschön.
> Lass uns uns suchen geh'n!
> O Donna Anna — dein Haar glänzt so
> schön.
> Lass uns etc.
> O Donna Anna — deine Augen strahlen
> schön.
> Lass uns etc.

> O Donna Anna — deine Lippen schwingen
> schön.
> Lass uns etc.

> O Donna Anna — dein Busen bebt so
> schön.
> Lass uns etc.

ANNA: Signor E-inrick! Lassen Sie das Süß-
holz! Zeigen Sie Brüderstolz! Stolzieren
Sie mit zur Hundesuche! Wir müssen doch
Titino finden.

HEINRICH: Müssen? Wann muss man wirklich
müssen? Nehmen wir zum Exempel ein nahe-
liegendes Exempel: Müssen wir küssen? Muss
man mit Muße küssen? Macht einen das Küssen müßig? Oder ist es müßig zu küssen, wo
es doch noch so vieles anderes....

ANNA: Signor E-inrick! Jetzt kommen Sie schon! Titino...

HEINRICH: Zum Teufel mit dem Köter!

ANNA: Aber Titi...

HEINRICH (beginnt zu singen, dann Duett, Melodie von Mozarts Pa-Pa-Papageno, komisches Spiel): Ti Ti Ti

ANNA: Ti Ti Ti

HEINRICH: Ti Ti Ti Ti

ANNA: Ti Ti Ti Ti

HEINRICH: Ti Ti Ti Ti Ti Ti Ti

ANNA: Ti Ti Ti Ti Ti Ti Ti

HEINRICH: Ti Ti Ti Ti

ANNA: Ti Ti Ti Ti

THOMAS (tritt von den beiden unbemerkt herein)

HEINRICH/ANNA: Ti Ti Ti Titino (bemerken Thomas und brechen stotternd ab) Ti Ti...

THOMAS: Ihr Unmenschen! Mein armer Titino!

ANNA: Ich geh' schon suchen, ich geh' schon suchen. (eilt ab)

THOMAS: Ich wusste es schon immer: Du bist kalt, du bist gefühllos, du bist unmensch-lich, du bist...

HEINRICH: Untierisch.

THOMAS: Ja, jeder Hund hat mehr Herz als du.

HEINRICH: Dein herziger Hund ist also wie-der verloren gegangen.

THOMAS: Sicher nahm Titino Reißaus vor dir.

HEINRICH: Dabei habe ich ihn nicht ein einziges Mal getreten.

THOMAS: Dir trau ich alles zu. Das ganze zeigt...

HEINRICH: Das ganze zeigt?

THOMAS: Das ganze zeigt...

Heinrich:...wie ein Mann auf den Hund kommt.

(Vorhang)

Simone Rosenow
art & grafikdesign
www.simone-rosenow.de